CUENTOS BREVES
Y BREVÍSIMOS

COLECCIÓN CANIQUÍ

EDICIONES UNIVERSAL, Miami, Florida, 1997

RENÉ ARIZA

CUENTOS BREVES Y BREVÍSIMOS

Copyright © 1998 herederos de René Ariza

Primera edición, 1998

EDICIONES UNIVERSAL
P.O. Box 450353 (Shenandoah Station)
Miami, FL 33245-0353. USA
Tel: (305) 642-3234   Fax: (305) 642-7978
e-mail: ediciones@kampung.net

Library of Congress Catalog Card No.: 94-70348
I.S.B.N.: 0-89729-728-8

Composición de textos: Bárbara Safille.
Edición al cuidado de Alejandro Lorenzo.
Diseño de la cubierta: Alejandro Lorenzo

En la cubierta dibujo de René Ariza.
(cortesía de Lesbia de Varona)
Foto del autor en la cubierta posterior:
reproducida de la hoja de propaganda de su presentación en la
Galería Talía en enero de 1992.
Dibujo interior de René Ariza
(Cortesía de Ana Rosa Núñez).

Todos los derechos
son reservados. Ninguna parte de
este libro puede ser reproducida o transmitida
en ninguna forma o por ningún medio electrónico o mecánico,
incluyendo fotocopiadoras, grabadoras o sistemas computarizados,
sin el permiso por escrito del autor, excepto en el caso de
breves citas incorporadas en artículos críticos o en
revistas. Para obtener información diríjase a
Ediciones Universal.

ÍNDICE

René Ariza: escritor de la risa y el miedo,
   Alejandro Lorenzo 7
El crisol 17
Ante la puerta 24
La Entrada al Paraíso 26
Kafiana 28
El hombre que se comió y que se bebió la luna ... 29
El fantasma del puerco 31
Ciudad Velada 36
Principios de la Atlántida 37
Un Insecto Amigo de los Perros 38
Realidad Parodial 40
El Privilegiado 42
Mascarada 47
Concierto 49
El gran poema 50
Poder del Pensamiento 54
Ella y yo 55
El Líder 57
Vuelta en Redondo 63
La Oreja y el Oído 65
El Pintor de los Vicios del Imperio 67
Ser Escritor 72
Las Leyes del Espejo 74
El Escritor y la Muerte 78
La Alimaña 79
Máscaras 80
Insultos
   Insultos I 82
   Insultos II 82
   Insultos III 83

Apariencias
    Apariencias I 84
    Apariencias II 85
Letras y Colores
    Ciclo 87
    Letras 87
    Colores I 88
    Colores II 89
    Colores III 89
Notas y Noticias
    El hombre del Espejo 91
    Apuntes 91
    Un pez 92
    Muerte de una Avispa 92
    El de las Piernas Muertas 92
Premonición 93

OTROS CUENTOS BREVES
    Nonoki 96
    Esposas 98
    Carne 100
    Realidad parodial (Peoma) 104
    Relato para moscas 106
    Sueño 108
    Relato sospechoso 109
    Aplausos 114
    Héroe tras héroe 115
    Los bravos 117

MI NOMBRE ES RENÉ ARIZA 122

RENÉ ARIZA
ESCRITOR DE LA RISA Y EL MIEDO

Su Vida.

Exactamente en 1982, durante un interrogatorio al cual era sometido en una estación de policía, dos oficiales de la Seguridad del Estado cubana me aseguraba que ninguno de los intelectuales opositores al gobierno —tanto los que aún vivíamos en la isla, como los que estaban en el exterior— nunca alcanzarían una relevancia en el mundo literario. Entre los condenados al supuesto silencio perpetuo se encontraba René Ariza.

Estas primeras páginas que encabezan la presente edición de *Cuentos breves y brevísimos*, de este dramaturgo, poeta, narrador y pintor, fallecido un domingo 27 de febrero de 1994 en la ciudad de San Francisco, es un intento preliminar de plasmar su trayectoria como escritor y también de romper los designios y las predicciones de aquellos oscuros oficiales. Al reunir los datos para su biografía, en la labor de recopilar sus manuscritos dispersos, descubriendo detalles y escuchando testimonios, uno requiere de mucha paciencia para frenar la indignación que provoca comprobar como el totalitarismo que rige el actual régimen cubano y la tradicional indiferencia hacia la cultura de parte del exilio, hicieron de la vida de Ariza una existencia maltrecha, una víctima de lo más siniestro de dos sistemas políticos que, como paradoja, son diametralmente opuestos.

En los últimos años, Ariza se dedicó a pintar con los ojos vendados unos Cristos puntillistas. Aquellos cuadros eran un acercamiento al misticismo, quizás un ejercicio para borrar los malos recuerdos de ese basurero espiritual y moral en que se había convertido su país de origen. Muchas de la gente de La Misión, el barrio latino en San Francisco donde residía desde el 1983, lo recuerdan como uno de los tantos artistas excéntricos que en cualquier cafetín, y particularmente en el Café Noé, en una banca de un parque, en cualquier esquina de una calle concurrida, improvisaba sus espectáculos. Lo que posiblemente ignoraba la mayoría de aquellos espectadores y admiradores de este hombre que hacía muecas, que abría y cerraba los párpados como en trance, ese ser raro que solía disfrazarse tal vez para demostrar que la vida era en definitiva una gran escena; lo que muchos desconocen, o deliberadamente olvidan, es que aquel hombre fue uno de los dramaturgos más sobresalientes de su época.

Ariza obtuvo en el 1967 el premio de la Unión de Escritores de Cuba con la pieza teatral "La Vuelta a la Manzana" y un año después resultó finalista en el concurso de la Casa de las Américas con su obra teatral "El Banquete". Los que lo conocieron, como un comediante que deambulaba por las ciudades de Miami, New York o San Francisco, no se pueden imaginar que en Cuba, en la década del 50 y del 60, Ariza fue un exitoso actor de televisión y teatro, un poeta y un narrador de técnica y estilo vanguardista.

Ignoran que en el año 1971, en pleno apogeo del oscurantismo neostalinista que el régimen cubano calcó de la antigua Unión Soviética y luego aplicó fielmente contra los que consideraba adversarios o desafectos, fue expulsado del teatro Ocuje, donde trabajaba, y dos años después lo arrestaron y condenaron a 8 años de prisión por escribir literatura consideraba como "diversionista ideológica". Ignoran, que en la cárcel fue recluido junto con los presos comunes quienes posiblemente siguiendo instrucciones de la policía política se dedicaron a martirizarlo. Contaba el escritor que en una de las etapas de su encarcelamiento, cuando sufría fuertes dolores de cabeza, unos policías haciéndose pasar por neurólogos o unos neurólogos haciendo funciones de policía, lo amenazaron con practicarle la lobotomía y, posteriormente, sin ninguna justificación lo llevaron a una sala de siquiatría y le aplicaron varios electro-shocks. Tras cumplir cinco años de prisión, en febrero de 1979, Ariza salió de Cuba hacia Estados Unidos con los primeros presos políticos que el gobierno de la isla amnistió. Cuando llegó a Miami parte de su obra más importante había sido confiscada por la Seguridad del Estado. Traía el miedo a flor de piel, era un anciano joven que había viajado por la espiral del infierno.

Afortunadamente moraba en él la persistente voluntad del auténtico creador, la pasión por concluir y reconstruir su obra, retomar el tiempo perdido, la carrera interrumpida. En el destierro, con mil sacrificios, a falta de escenarios en aquel desierto cultural que era el Miami de principio de los 80, decidió hacer su teatro en la calle. Sin importale mucho las remuneraciones, ni el éxito inmediato, se dedicó por entero a conquistar la risa y el aplauso espontaneo del anónimo transeúnte. A veces se vestía de payaso, de bufón medieval o de saltimbanqui de circo. Para él era suficiente que un grupo de amigos escucharan con atención sus monólogos y sus cortas narraciones.

Entre sus proyectos hay uno que apareció escrito al final de una síntesis autobiográfica que le envió a Manolo Salvat para ser utilizado en la presente edición. "La idea es brindar entretenimiento a niños hospitalizados y con problemas de personalidad, en general, llevando un mensaje de amor a sitios en que la violencia es el triste pan cotidiano". Sus amigos aseguran que el dinero ganado con su obra pictórica, aspiraba donarlo a las instituciones dedicadas al cuidado de los niños abusados. La infancia fue una de sus mayores preocupaciones, los terribles problemas que ocurren en esa importante etapa del hombre.

¿Por qué esta obsesión? ¿Por qué en muchos de sus cuentos existe una tenaz referencia a la niñez?

Rubén Lavernia comentaba que una de las razones por la cual realizó el documental "Retrato inconcluso de Rene Ariza", aparte del compromiso de amistad que lo unía al escritor, era la necesidad de despejar estas y otras interrogantes. "Pienso que es necesario una investigación de la obra teatral y de la narrativa de René Ariza. Que no se pierda", afirmaba Lavernia, "que se divulgue especialmente dentro del mundo académico, entre los estudiantes de literatura e historia del arte de las universidades, entre los ensayistas encargados de profundizar, indagar y hacer el análisis riguroso de ese mundo tan complejo que él había creado."

La Obra.

Su primera publicación en Estados Unidos fue el poemario titulado "Escrito hasta en los bordes", Editorial Ibarra Brothers, con traducciones al inglés de Richard Hack y Tom Hall entre otros, Ariza presentó el libro en enero del 1994, en el teatro de su amigo Pedro Pablo Peña de la ciudad de Miami, apenas un mes antes de su muerte. Cuando por primera vez leí aquellos poemas, descubrí que eran monólogos con abundante imágenes poéticas que podían encajar y ser adaptados perfectamente al teatro y a la narrativa.

Estas contradicciones en René Ariza se tornaban fecundidad. Cuarenta cuentos integran esta edición. Al leerlos podría asegurar que existe la misma mezcla de géneros que se produce en sus poemas. El conbina la estridencia con lo suave, el dinamismo con la quietud. Uno percibe en ellos un carácter engrandecedor y humanista. Aborda al hombre. El hombre y sus pesadillas, el hombre y sus accesorios naturales y artificiales, el hombre que nos hace llorar de risa o, simplemente, nos estremece con su llanto.

Sólo queda entonces adaptarse a su ingeniosa forma de concebir la literatura con el ánimo peculiar de cumplir múltiples funciones. Literatura de interrelación, para ser contada de forma oral, como en los tiempos de los juglares, donde el público escuchaba en las plazas a los cuentistas y cantores de gesta, y juntos, creador y espectador, llegaban a un alto grado de participación. ¿Deseaba Ariza retomar aquellos espectáculos del pasado? Posiblemente sí, dada a su concepción del arte como dramaturgo y actor.

Por eso, los que lo conocieron personalmente, al leer ahora sus escritos lo asociaran con el actor que representaba su propia obra, con el fabulador encaramado en un escenario improvisado, arrancando de los más hondo del espectador la más estrepitosa carcajada, aunque lo que trasmitiera fuera lo más grotesco y horroroso de la existencia humana. Esta recopilación es, si se quiere, una forma de comprobar la reacción que tendrá el lector medio al leer por primera vez sus cuentos.

Cuando se aparta de la memoria al Ariza teatral, nos enfrentamos a un narrador de primera línea, a un cuentista cuyo dominio del lenguaje pertenece a los grandes de la narrativa.

La primera influencia estilística que se nota es la del genial Virgilio Piñera, escritor cubano cuya fina ironía y tratamiento del absurdo se hizo sentir en la mayoría de los escritores cubanos contemporáneos.

Ariza incorpora al humor y al absurdo de Piñera, otros nuevos elementos: el humor negro que se vuelve irracional, casi surrealista. Lo grotesco, la angustia y la amenaza, que parece siempre girar en torno a cada uno de sus principales personajes.

Otro de los puntos de coincidencia entre Piñero y Ariza, es que ambos retrataron con nitidez la personalidad y la conducta de la familia cubana urbana, preferentemente la de la clase media baja de los barrios habaneros. En el caso de Ariza puede afirmarse que fue más lejos, describió el enfrentamiento y la fusión de dos culturas: la de ese sector marginado que con la revolución, al compas de la conga y el odio, había arribado al poder y con los de aquella clase media baja a la cual el autor pertenecía y que ha estado hasta a punto de extinguirse.

Cheo Bardales, uno de sus clásicos personajes, ganó finalmente la batalla. La grosería, el choteo, la chusmería, vencieron y se apoderaron finalmente de la sociedad cubana de hoy. El promotor cultural Alejandro Ríos me comentaba que, al ver los últimos materiales fílmicos sobre la Cuba del presente, llegó a la conclusión de que la marginalidad se ha generalizado. "Los solares cubanos eran sitios circunscritos a ciertas áreas determinadas de la ciudad,'' expresó Ríos, incluso a veces gozaban de una pulcritud ejemplar. Ese país ahora es toda una gran favela, el reino de la total marginalidad.''

Ariza no fue en sus escritos benévolo con su propia clase. Un buen ejemplo: "El Crisol", primer cuento que encabeza este libro, publicado en Cuba hace treinta y cuatro años en la revista "Unión". Se trata de la historia de una familia habanera compuesta por una niña enferma, su hermano mayor, la madre, el padre y una tía. La trama en apariencia resulta sencilla, pero no lo es. La niña enferma requería de la visita y la atención de un médico, pero el deterioro en que se encuentra la casa, debido a la precaria situación económica que atraviesan sus inquilinos, la preocupación por lo que pueda pensar el médico al percatarse de tal situación, lo que dirán luego los vecinos más cercanos cuando se enteren, todas estas conjeturas, originan un clima de total falta de autoestima y bochorno, que conduce a los personajes a sobrepasar los límites de la razón. El desenlace en "El Crisol", como sucede en muchos de sus otros cuentos, puede llegar a ser malévolo, sórdido, pero también representa una lección sobre la sicología colectiva de una parte de la sociedad cubana.

Los contrarios se unen. La excesiva pulcritud casi enfermiza de tradición venerable en la familia cubana tuvo su reacción contraria: la suciedad, el desaliño (Relato para moscas); el estricto orden moral, el autoritarismo, produjo la desfachatez, el desacato. El comadreo hipócrita se institucionalizó con la revolución (los CDR) y tuvo continuidad en la simulación y la doble moral socialista. "Todo está dentro de nosotros mismos. Hay que vigilar el Fidel que todos tenemos dentro", expresó Ariza en el documental "Conducta Impropia" dirigido por Néstor Almendros.

Creo que cualquier sociedad cerrada, más tarde o más temprano, lo hubiera tratado de silenciar por transgresor. La mayor parte de su obra fue siempre una indagación sobre las relaciones del hombre y los distintos tipos de represión a los cuales es sometido.

El gobierno cubano nunca le perdonó su burla al machismo, como tampoco se la hubieran perdonado los oficiales del Tercer Reich, ni los de la KGB soviética, ni los temibles Rangers norteamericanos.

En la historia de "Los Bravos", uno de sus cuentos más conocidos, el autor convierte a los agentes del departamento de

Lacra Social, encargado de la persecución a los homosexuales, en ridículos imitadores de sus perseguidos. La desmitificación del macho es la clave de ese cuento y, como se supone, hirió el ego de los ideólogos y de las fuerzas represivas que consideraban códigos supremos: la hombría incuestionable, que traducida al lenguaje popular de los barrios habaneros (Rene Ariza nació en el Cerro el 29 de agosto 1940) es "la guapería." La tiranía patriarcal, que llevada a la política cubana se condensa en el lema de "Comandante en Jefe Ordene".

En el exilio, una parte de la comunidad de cubanos que había cambiado de tierra, pero no de idiosincrasia, Ariza era visto como un comediante enloquecido que no había logrado adaptarse al imperio del dollar (Recuerden su poema sobre ''El dollar'' que aparece en su libro "Escrito hasta en los bordes") un dramaturgo que trataba de reproducir a gran escala sus peores defectos y por si fuera poco hacerlos público.

A diferencia de su amigo el escritor Reynaldo Arenas, Ariza tocó muy poco el tema campesino, con excepción del cuento "El Fantasma del Puerco" que aparece en este libro. Esta historia se centra en los avatares de un niño de apenas un año a quien sus padres ciegos, por equivocación, lo encierran en el corral de un cerdito. Ellos toman al animal creyendo que es el niño y con esmero lo cuidan y lo crían como si fuera su hijo. La lucha que el niño libra para impedir que sus padres no lo sacrifiquen el día de noche buena, es posible que sea la mejor metáfora sobre la sobrevivencia que he leído de un escritor cubano.

Es típico en Ariza relatar las historias más crueles como si fueran cuentos infantiles. Manipula la inocencia y la picardía. Combina de modo desafiante lo sublime, lo íntimo, con lo disparatado. En sus escritos plasma el lenguaje chapucero del hombre de la calle y del campo, dibuja sus gestos, penetra en su confusa sicología. En sus personajes hay una fuerza exterior o interior que con peculiar tenacidad los empuja hacia situaciones extremas. ¿Como logrará el pequeño del cuento "El fantasma del Puerco" salvarse de sus progenitores? Se preguntará el lector, y Ariza, maestro de las transformaciones, encuentra una solución sorprendente. Siempre lo hace. Las víctimas se vuelven súbitamente pequeños o grandes monstruos, que uno llega a detestar. Los malvados dejan de serlo por los menos parcialmente, y en muchos casos hasta llegan a sufrir, en manos de sus antiguas víctimas un castigo más cruel y espantoso de lo que ellos una vez le infringieron. ¿Acaso todo sus mensajes no nos remiten a la presente historia cubana? "Mis compañeros de lucha contra la dictadura de Batista", me contó en una oportunidad el poeta y expreso político Jorge Valls, "aquellos muchachos que una vez creyeron en la justicia y en la dignidad del hombre y que en algunos casos fueron martirizados por los esbirros de aquella dictadura, al triunfar la revolución, al arribar al poder, se volvieron más despiadados y hasta más sanguinarios que sus antiguos verdugos."

En el mundo de Ariza posiblemente ocurre lo mismo. Lo que es tangible de súbito se vuelve indefinido, lo que se suponía que tuviera un valor ético, deja de tenerlo. Nada es seguro. Estamos frente a la literatura de las mutaciones.

Para este escritor, una historia puede ser divertida, y luego se vuelve estremecedoramente triste o desembocar en una catarsis redentora que produzca la paz perdurable y anhelada. Por lo cual se podría afirmar que, como la vida misma, su ficción está sujeta al dinamismo impredecible de las fuerzas caprichosas del destino, que generalmente nunca sabemos cómo, ni dónde, ni de qué forma terminan.

En 1986, *Linden Lane Magazine* que dirigen Belkis Cuza Malé y Herberto Padilla, le otorgó el premio de cuento por "El Privilegiado". Aquí el argumento descansa por entero sobre el miedo visceral que puede poseer un ser humano, La paranoia de alguien sometido a la vigilancia real o imaginaria, por parte de la familia, de sus amigos y del resto de la sociedad en que vive. "El Privilegiado" es el arquetipo del hombre correcto, asentado, poseedor de una lógica inviolable. Un individuo esperanzado en encontrar un lugar donde descansar, estar tranquilo, aislarse, y —cito del texto— "...no era de los que les gusta el amontonamiento de la gente en la guagua, la peste a grajo y el empuja-empuja. Llegué con la esperanza de no encontrarme con ninguno de mis amigos". El contorno ideal donde se supone que el personaje hallaría esa tranquilidad, es una playa, uno de aquellos clubes exclusivos de la época republicana, transformados por la revolución en populares y desvencijados Círculos Sociales. ¿Qué ocurre entonces? Ariza coloca la semilla de la intranquilidad en su personaje, o es posible que desde el inicio siempre lo tuvo. El miedo al ridículo se filtra, lo desampara, le mina su primario propósito de encontrar paz en aquel balneario.

"Me pareció ridículo. Sólo entonces noté que dicha posición (con las manos sirviendole de almohada a la cabeza, los codos hacia fuera, una rodilla arriba) era la clásica de los privilegiados y los vagos." Esa culpabilidad invade al personaje hasta llevarlo a la total desesperación, como el momento en que busca su ropa guardada en la taquilla y comprueba que la llave no corresponde con la cerradura, y otro hombre viene hacia él y le grita que no es su taquilla, y que nada de lo que hay dentro le pertenece.

Al desencadenar toda esa serie de acontecimientos de inimaginable confusión e incertidumbre, el autor nos transmite que la integridad personal puede estar en peligro, que existen elementos internos y externos siempre al acecho, dispuestos a provocar la ruptura de la más equilibrada razón y hasta de la vida misma.

El personaje del cuento encuentra sosiego por fin, al volver a la playa, despojado de sus pertenencias y de sus fantasmas atormentadores. Luego decide saltar desde el trampolín hacia el mar, y desde allí nadar hasta hundirse en lo más profundo, donde definitivamente no se puede ya ni respirar.

Su amigo Víctor Manuel Navarrete cuenta que en su última noche, unos minutos antes de pasar a la otra dimensión, su rostro adquirió una sonrisa placentera ¿Habría vislumbrado Ariza al final de su vida, igual que su personaje de "El Privilegiado", aquel océano liberador que lo salvaría para siempre de la angustia y el horror?

Alejandro Lorenzo.
Ciudad de Miami, 18 de Enero, 1998

El crisol

La niña está enferma. Unos tras otros: tisanas, ungüentos, cocimientos, gárgaras, toques, raíces, baños de flores, purgas, cirios a horas y a divinidades determinadas, todos los remedios del repertorio casero se han agotado. La madre, entornando los ojos hasta que el espacio en blanco se hace mayor que el iris y diciendo palabras entrecortadas e ininteligibles; la tía, tan callada de pronto que da miedo, mirándose las puntas de los mal cosidos zapatos ytraqueando con la lengua; el hermano mayor, dejando detenida la boca en forma de dentellada sobre el rollizo pan con guayaba que sostienen sus dos manos regordetas; el padre, que lo resume todo en un último balance hecho a sus bolsillos, acompañado de ese ligero movimiento de cabeza semicircular, llegan a una conclusión determinante: la niña está enferma.

—Es necesario llamar al médico.

Los ojos de la niña se hacen más inmensos encima de esas inmensas ojeras. El pelo de la niña se recoge en un haz sudoroso pegado al prominente hueso del hombro izquierdo, donde la vista da un salto al abultado y azuloso vientre, que es lo único que rompe la armonía del amarillento cuerpo aplastado sobre la sábana amarilla.

—¿Pero estás loco? ¿Aquí?

La madre lleva las manos a las caderas en el más maternal de sus ademanes, mientras mira a su alrededor, por primera vez con minuciosidad digna de un solemne acontecimiento.

---

[1] Cuento publicado en la revista *Unión*, de la Unión de Escritores y Artistas de Cuba. Año III / número 4, de octubre a dic. 1964.

—El médico.

En los ángulos altos de la habitación las arañas han construido sus redes, ya inhabitables de tan desvencijadas y polvorientas. El mismo estilo de decoración se continúa a través de toda la casa. Lo que en un tiempo fuera la quincalla del barrio, aún conversa sus huellas más evidentes: estantes de mercería, cacharros de moda en alguna época, cajas de todos tamaños en una interminable sucesión de inutilidad. Guantes de goma, plumeros, escobas: objetos aprovechables, después de la total agonía del negocio, para el propio uso de la casa. Objetos que se han conservado siempre con miras a una ocasión especialísima, que al fin ha llegado.

Es verdad que las ha habido anteriormente, y que ha sido necesario demostrar que esto es una casa mantenida con decencia, a pesar de la pobreza, porque una cosa es la pobreza y otra...

—¿Qué va usted a decir? Yo siempre he sido una mujer limpia, ésta ha sido siempre una de las familias más limpias del barrio, lo que pasa es que...

Ahora la madre se extenderá en interminables justificaciones, que en realidad no nos interesan. La hermana de su marido, esta Adelina que vemos mirándose las puntas de los zapatos y tragando en seco, toda su vida ha sido la estampa de la vagancia, entretenida en cosas absurdas y de ninguna utilidad, como por ejemplo tocar el piano cojo y carcomido de comejenes y que no es más que un estorbo, porque nunca se ha podido limpiar esa parte de la casa donde está puesto, y qué me dicen de esas tongas inmensas de papeles de música que ni siquiera coge para tocar,pues siempre toca lo mismo y de memoria.he tenido que cargar yo sola con todo el trabajo,y una casa con tantas cosas, además de los muchachos que todo lo ensucian y etcétera.

Como les decía, ha habido ocasiones anteriores, para no ir más lejos, cuando nació Terita; pero Aurora, con esa previsión de mujer de hogar, mantuvo alejados a los vecinos esgrimiendo la palabra jaqueca y la frase prescripción facultativa, cuando éstos se arremolinaron ante la puerta de la calle a su llegada del hospital. Sólo tuvieron preferencia los Martínez, dueños de la única casa con jardín en ese barrio, que habían quedado al cuidado de Romualdito, mientras Aurora, auxiliada en pequeños menesteres temblorosos por Adelina, se sometía a los trajines propios del caso. Los Martínez, que fundamentaban el trato a sus hijos en la adquisición de costosos libros psicológicos, llamaron la atención de los padres sobre la extraña actitud del muchacho: queriendo quedarse en la penumbra de un rincón de la saleta y haciendo caso omiso de la comida, los dedos entrecruzados quizá en la misma maldición que murmuraba.

Pero esta preocupación fue abandonada por todos en el momento en que Romualdito se asomó por el barandal de la cuna e infló aún más sus cachetes en una inmensa sonrisa y salió luego gritando por la casa y luego por la calle y el barrio, con toda la ternura de su corta edad: —¡Tengo una hermanita bizca!

Este mismo Romualdito se ha convertido en el médico de todos los juegos con Terita, operando a las muñecas con una dedicación asombrosa.

—Mira que los muchachos...Un día quiso que Terita hiciera de muñeca. Esa es una de las razones por las que no dejo en manos de la niña la muñeca grande. Es una muñeca Lilí que sabe caminar, toma agua, se sienta, tiene pelo de verdad y qué traje tan lindo. El traje azul con vuelitos de encajes más lindo que he visto en mi vida. Esas muñecas no son para estarlas estropeando, y Terita besuquea las muñecas y siempre quiere quitarles las batas y bañarlas. Nunca la he dejando al alcance de sus manos. Está en su armario, en la misma caja en que se la trajeron los Reyes hace dos años, con su misma cinta y todo, y cómo se conserva.

La niña volvió la cabeza sudorosa hacia el otro lado, no tenía ganas de hablar, abrazaba la parte de almohada que llegaba sin esfuerzo a sus manos, siendo así que, vista desde arriba, en un plano cinematográfico, la niña, curvada como estaba y aferrada con sus delgadísimas manos a la almohada, parecería la ilustración en *close-up* de un ente microscópico.

—Pero quizá con un poco de hipecacuana...

No hay modo de convencerlo. Ni siquiera el balance detallado de sus bolsillos y con un saldo bastante desfavorable por cierto, detienen la voz que, resonando en todos los tonos de la paternidad, dice:

—Es necesario llamar al médico.

Aurora lo sabía. También por culpa de esta desgraciada Adelina, que si la hubiera ayudado en lo necesario, pero siempre con esa cara de asco y metiendo el pescuezo entre los papeles de música para huirle al trabajo —¡Adelina¡—, ayúdame aquí; limpia la casa de la niña, mientras yo... Qué va esa a limpiar nada, si yo creo que ella misma no se limpia cuando va al servicio porque le da repugnancia...Y ahora va a venir el médico, el médico, ¿se dan cuenta? Cómo está todo esto, qué dirá ese hombre, mira esas cortinas mira ese baño Dios mío. El doctor querrá lavarse las manos y ese baño mete miedo.

Habría que hacer limpieza general antes de que llegara el médico. La madre pidió al padre que demorara la llamada el tiempo suficiente para ponerlo todo en orden, porque cuando un médico llega a una casa, la verdad es que todo debe relucir como una tacita de plata, o como un crisol, porque para eso han estudiado y se ponen esa bata almidonada tan blanca y tienen esa voz que da gusto oirlos.

Adelina no acogió la noticia con alegría, por lo menos al principio. El padre de la niña salió hasta la esquina para que pudieran desenvolverse a sus anchas en lo tocante al arreglo del lugar. Romualdito, al abrir la boca, fue interceptado por un buen trozo de pan con aceite que le fue introducido entre los dientes ante el temor de que fuera a avisarle a todo el barrio de la limpieza.

Las limpiezas, al igual que las mudadas, deben hacerse en secreto. Son cosas que pertenecen a esas intimidades de una familia que nadie debe profanar.

Cuando la voz aflautada del niño comenzó a tararear una canción de cuna, mientras apilaba cajas junto con su madre, para luego meterlas en el espacio libre entre el escaparate y la pared, Aurora comprendió que lo alegraba la noticia del médico, y que estaba, incluso, dispuesto a cooperar en lo que fuera.

—¡Tráeme el deshollinador!—. Y él corrió casi frenético y comenzó, sin que se lo pidieran, a tumbar todas las telarañas y el polvo acumulado en ellas del cuarto de la niña. La madre vino y le dio un buen manotazo por estar ensuciando la sábana que cubría a la niña en la cama.

Adelina se animó cuando en un momento en que abrió esa parte del armario que ya nunca se abría, vio el sombrerito beige de velos que se puso para la boda de Aurora, y comenzó a recordar escenas de su juventud, es decir: de sus tiempos de muchacha, porque nadie es viejo con treinti...
—Coge por aquí. Y mientras ayudaba a Aurora en los trajines de la casa, imaginaba su propia boda, y el arreglo del apartamentico con toda la habilitación, y las paredes pintadas con Kentone, y el piso como un espejo para cuando...
—... venga el médico, quiero que se quede asombrado de que en un barrio como éste una casa luzca como va a lucir ésta. Desempolvaron hasta los más mínimos rincones, quitaron aquella mancha de lechada de la puerta de la calle, guardaron todas las pequeñas cosas inservibles en el cajón grande de los juguetes. El techo ahora, ahí no por aquella esquina ten cuidado no se caiga un tortón de cal. Plancharon las cortinas, soltándolas para que el parte donde tiene el cordón no se vea la sucia que está. Sacaron la linda lámina que guardaban para la venta, la del cisne blanco y el cisne negro, poniéndola en lugar de la de los flamencos que ya estaba un poco estropeada. Pon las frutas de cera, las uvas para arriba, son de cera, Romualdito, hazme el favor. Con un poco de tumbler las patas de las sillas van a quedar como nuevas.

Por los cristales de arriba comenzó a entrar una luz violenta que perfilaba los adornos y muebles como figuritas sobre un fondo de papel de bombón. Romualdito ayudó a correr la escalera, con su delirio de médico.

—¡A lo mejor operan a mi hermana y la puedo ver por dentro! Las muñecas nada más tienen estopa y trapos, qué lindas deben ser las niñas por dentro.

Adelina ha trabajando como nunca. Está muy embullada y ahora revisa las libretas de música.

—Tengo una sorpresa para el doctor. Se sentirá como en su casa y no querrá marcharse.

Mientras tanto, el padre, en la bodega de la esquina, revisa su pequeña libreta de apuntes. Este que le recomendó Venancio es el mejor de todos, un especialista. ¡Pero diez pesos!... Todavía cinco... Sí, a este mismo. Me sacrificaré un poco, pero bien lo vale un médico de categoría, con máquina del último modelo. Martínez quedará frío en cuanto la vea, y ni qué decir de los demás del barrio. Puede que hasta llegue a intimar con él y sea ése el escalón que me hace falta.

Si ven la casa... Adelina ha demorado medio hora enderezando las flores rojas del búcaro chino, pero han quedado en que Aurora tendrá que cambiar de opinión respecto a sus valores. Esta camina de un lado a otro revisando los últimos detalles: el baño bien, la cocina, por si el doctor quiere calentar él mismo la jeringuilla, bien, la sala, bien, con el búcaro y la colección completa de porcelanas en la repisa, el cuarto de la madre con la sobrecama nueva de chenille que trajo el polaco hace tres años, bien. Bien. Suspiró satisfecha. La casa era el espejo mágico de un cuento: un crisol verdadero.

Romualdito se había perfumado y puesto su traje con la corbatica de lazo y Adelina el vestido de las bodas. Todo que ni pintado...¿Todo? No... Hay algo que... No es la bata de casa de la madre que Marta, la vecina de los altos que ha ido a Miami, le dijo que era lo más correcto para la ocasión, ni la lámpara de flecos que limpia es diferente, ni el piso, ni... ¿que es? Algo que falla, que no cuadra entre tanta blancura y orden, ¿por qué? Revisó por quinta vez, seguida por su cuñada, todos las rincones de la casa. Ni el corazón de Jesús, limpio de huellas de moscas, ni el orinal bien guardado bajo la cama, ni la... ¿cómo me puede pasar esto a mí? Esta incertidumbre de que hay algo mal hecho. El menor detalle podría impresionar desfavorablemente al médico que seguramente vive en una de esas casa de Miramar o del Country ay Dios mío ayúdame. He cambiado las sábanas, las fundas de las almohadas, la pielera de la cama está que brilla, no me explico entonces... ¡ya sé!

Los ojos de Aurora se detuvieron sobre la niña que se había volteado a medicas, formando un caprichoso garabato sobre el reluciente espacio de blancura.

—¡Es ella! Ella, Adelina, ¿cómo no lo habíamos visto antes?

Adelina asintió compungida: en efecto, la niña, hecho un montículo de huesos azufrados, con los ojos de liebre y el azulado vientre hinchado. Resumiendo: el ombligo, como el ojo de un ciego. La niña, tan fea y sudorosa en el hermoso marco plateado que era ahora aquella casa, representaba un detalle demasiado visible, demasiado grotesco y repugnante para que al médico le fuera a pasar inadvertido. Resultaba un espectáculo demasiado deprimente para cualquier persona, mucho más tendría que serlo para el doctor, seguramente un hombre de posición desahogada, pulcro, interesante. ¡Ay! Aquel médico que hizo Arturo de Córdoba en....

A la madre se le ocurrió, casi en broma, qué diferencia tan notable existiría entre su hija y la muñeca si las pusiera una junto a la otra. Esa preciosa muñeca Lilí, con su traje de cintas y encajes, sus ojos verdísimos, su pelo rubio lleno de ondas muy suaves, sus brazos encarnados, terminando en un par de manos de hada, más que la niña, aquella frente lisa, aquella boca roja y risueña mostrando la miniatura en mármol de los dientes, la voz dulce y musical diciendo: mamá!

Cuando llegó el médico, la puerta de la calle estaba entornada con maestría: ni descaradamente abierta, ni cerrada. La tía, sentada al piano, dejaba correr desde sus dedos las notas de un bellísimo vals de Strauss mientras miraba por la ventana, también entreabierta, hacia el crepúsculo lleno de románticas premoniciones.

El hermano, sentado con los pies muy juntos en la butaca junto al piano, echaba en el lustrado cenicero de pie, las semillas que sacaba discretamente de entre sus labios.

La madre, en su bata de cretona violeta con rosas amarillas, estaba colocada en posición de bienvenida a la entrada de la habitación. El padre fumaba uno de los grandilocuentes puros que guardaba para el doctor, mientras leía una revista de sports, cruzando la pierna derecha sobriamente sobre la parte en que no se daña la raya del pantalón.

El médico saludó ladeando un poco la cabeza y entró en la habitación de la niña.

El feliz diagnóstico no se hizo esperar. Ninguna dolencia podía aquejar a aquel cuerpecito robusto y rozagante, no podía engañar a nadie el suave brillo de esos ojos verdísimos, las encarnadas manos más de hada que de niña, aquella boca roja y...

Ante la Puerta

"Ante la ley hay un guardián"...
F. Kafka

Hacía horas...hacía horas que esperaba a la puerta por alguien con una llave para poder entrar. Empujó suavemente con los dedos, primero; luego empleó las manos, luego un brazo, y no tan suavemente. Se sacó del bolsillo del pantalón su llave. Se apoyó con el codo, el tronco y la cabeza y empujó con más fuerza. Pasaba el tiempo y nadie aparecía, tendría que renunciar. Entonces se tiró, abriendo bien el pecho, contra el portón. Ni por asomo, nadie. Dos vueltas a la izquierda. Sintió un dolor difuso, amoratándose a tanto y tanto golpe. Otro día con más suerte, se acabó, más temprano quizás. Una hacia la derecha. Fue a la acera de enfrente para coger impulso, corrió y se hizo caer sobre la puerta. Abrió. Volvió la espalda y caminó. Ya todos dormirían y ¿quién iba a llegar con una llave, y él coger ese chance así, tan suavecito? Miró, por si había alguien que quisiera también entrar, entró. Cayó, con una fuerza superior a la del cuerpo hinchado, reventándose. El portón se hizo astillas, él suspiró aliviado a pesar del dolor, del no dolor. La gente abrió sus puertas en silencio. Levantaron el cuerpo y lo llevaron (casi una procesión) hacia la calle, creyendo que aún roncaban y que, antes de despertar para ir a sus trabajos, tenían un sueño extraño con sus vecinos. Del cuerpo ensangrentado, sobre el césped, cayó la llave sin hacer un ruido. Volvió una última vez la cabeza y la vio. Demasiado deseo y demasiada espera para notar de dónde y cómo y cuándo.

Al fin tenía la llave. La empuñó para entrar al edificio, borrando lo anterior, hinchando el pecho, mirando por encima de su hombro por si alguien también..., en la actitud de quien sabe que no se necesita hacer ningún esfuerzo.

La Entrada al Paraíso

Él iba simplemente caminando y se encontró el paisaje. Todo, según la lógica, es paisaje sino intervienen hombres y un hombre es quien lo mira. Pero este hombre, dejando de lado toda lógica, se sintió muy asombrado al encontrarse de pronto este paisaje. Y cualquiera estaría tentado a darle la razón al saber que el camino que había él recorrido, antes de dar con esta especie de espejismo, era el de una ciudad llena de escombros, de calles y de edificios sucios en donde miles de seres se agolpaban, y aullando como perros, hacían la espiral de un remolino de papeles grasientos, yendo y viniendo sin por qué ni adónde, como ciertas hormigas; chistando y devorando cuanto encontraban, como cucarachas; orinando en esquinas y escaleras, como animales de cualquier especie sin hábitos ni dueño, y reclamando todos, con insultos, escupitajos, vómitos u ofensas de cualquier otra índole, el derecho a barrer toda huella de algo que pudiese recordar un paisaje. ¡Ah, el paisaje! Aquel paisaje lo era sólo por serlo. ¡Hermoso! Y ya entre tanto recuerdo intolerable, era cosa de olvido. Para el hombre aquello era que en tanta furia y tanta ruina habían olvidado aquel rincón, paréntesis de sueños; que alguien muy puro (probablemente un niño), lo estaría soñando y le estaría imponiendo a la ciudad su sueño, que era cosa de locos o de poetas, porque él se sorprendió a sí mismo componiendo estas cosas que he narrado.

Aunque en realidad era que estaba seguro de que nadie más que él podría verlo, y que si caminara dos, tres pasos, como ahora estaba haciéndolo, también se volvería él invisible, como lo era ya seguramente, porque es que entre la yerba alta y fresquísima había un camino. Lo hay, porque el hombre se interna entre los árboles, oyendo así como una honda música, y baja por la orilla de un suave arroyo que parece cosa de películas, pero no en la butaca con calor y ese tipo jodiendo a tus espaldas, sino dentro de la pantalla a todo color, a todo aroma de flores, sin recuerdos, porque ya no hay recuerdo en que pueda comparar el hombre al paraíso por el que baja, a donde baja, en donde está escuchando, pero lejos, muy lejos, lejanísimo (casi tan lejos como aquellos ruidos que una vez se escuchaban en la ciudad, tan lejos como quedara atrás aquel cartel al borde del camino, ilegible del tiempo, como los cuerpos blandos de los otros durmientes con los que a cada rato tropezaba, como el tipo riendo a carcajadas viéndole en la pantalla desde la última fila) la voz de: "¡apunten fuego!"

Kafkiana

El niño ha cometido alguna fechoría, porque el padre le dice: "Ven acá", y se sienta después de haberse sacado el cinturón, signo evidente de para qué lo llama. No dice nada más, no lo vuelve a llamar. Si no se acerca crecerá la sanción, pues le crece al padre su oculta furia, y crece, por lo tanto, el grado del delito. Mientras más lejos vaya el niño, peor: el robo de un pepino o el destrozo de un vaso se tornarán terribles como un asesinato. Mientras más se demore, más tranquilo aparenta estar el padre: guardados para luego los instintos del castigador, justificado ya por su tardanza, el odio hacia el delito.

El niño no se atreve a regresar, sabe que empeora las cosas y se siente cada vez más culpable, lo que una vez pensó que era injusticia se le vuelve derecho de la ley, confirmación del crimen y deber de expiarlo. Pasan horas, días, años (si al menos recordara la base del delito, el primer hecho, así quizás podría conocer el alcance que ha logrado después de tanto tiempo...)

Pero, a pesar de todo, el niño crece y se avejenta en muchos, el padre ya se ha vuelto padre de muchos otros: las acciones de los demás se rigen en él por aquel cinto que ni pueden ya alzar sus manos temblorosas. Todo lo determina ese castigo que sus nalgas esperan.

El Hombre que se comió y que se bebió la Luna

Cuento infantil para Zobeida

Cuando bajó la luna, y cuando baja y baja y ya se hunde, todos saben que toca el turno al sol; cuando bajó, decía, y el sol no había sacado el primer pie para ir a donde debe, cuando estaba bajando y la gente dormía su último instante, precisamente ése donde todos los sueños y pesadillas vienen cantando suave o dando gritos: "dale, echa un poquito más, total, otro poquito" o "levántate, que hay que trabajar y hacer lo mismo que hiciste ayer", un hombre (hay que aclarar que dormía hacía días y meses y hacía años), salió en puntillas hacia el campo, donde hasta las gallinas y los gallos soñaban con el día y con el canto, el cacareo y todo lo que viene en esa pesadilla más realista que la del ser humano, y el hombre, de puntillas, como ya iba diciendo, se acercó, muy despacio, a la luna que estaba descendiendo, y sin que nadie pudiera detenerlo, como estaba a una altura prudencial, se la empezó a beber, a beber y a comer, y masticando, tragando y masticando, acabó con la luna. Y el hombre, así borracho y harto de luna y jugo de luna hasta los topes, tan contento que en esa oscuridad veía las flores, se escapó dando saltos detrás del horizonte. Y el sol, el pobre sol, no se atrevió a salir, mejor dicho: no pudo, porque hasta que la luna no abandona su lugar en el cielo, él no puede brillar, como se sabe. Y entonces los que duermen (pues no puedo decir los que dormían, ya que siguen haciéndolo), sueñan que se levantan, que desayunan o no hay pan, y orinan y le dan un besito a su mujer, o mal rayo te parta, y van a su trabajo y todo el día siguen su sueño igual a como estaba. Y el hombre, mientras tanto, escondido detrás del infinito, se ríe del sol que no podrá salir, porque él tiene la luna en su barriga, y no podrá serle útil a los hombres, y el sol avergonzado, detenido, no hace más que esperar a que la luna...pero eso es imposible, y el hombre sigue riendo.

El Fantasma del Puerco

Papá y mamá son ciegos. Cuando yo era chiquito, salí un día gateando de la casa al traspatio. Papá tenía un cerdito que criaba para matarlo en Nochebuena. Mamá cogió al cerdito confundida y empezó a darle el pecho creyendo que era yo. (La vieja protestaba del hambre que tenía la criatura, pues al mamar, le daba dolorosos mordiscos.) A él le puso un pañal y lo metió en mi cuna, y a mí, me echó al chiquero. Esto duró algún tiempo, porque papá tampoco pudo advertir el cambio. A mí me echaban sobras de comida, mientras que a él le daban compotas, leche, jugos y puré de malanga. Sobreviví de puro milagro, pues me adapté a la sobras.

Por Navidad fue el viejo a buscarme al corral con un cuchillo enorme a la cintura. Yo gritaba y lloraba (lo que seguramente mi padre confundía con gruñidos), y tanto fue mi miedo que me hice caca encima de papá. Embarré todo al viejo, que gritaba del asco más que yo del terror. Y me soltó y corrió como un cohete a lavarse los brazos.

Mamá estaba bañando en un palanganón a lo que ellos pensaban que era el crío, y cuando oyó que el viejo llegaba, lo llamó muy asustada, ya que el niño, le dijo, "está muy extraño".

—¿Por qué?—preguntó él. Y ella le dijo: "Viejo...no es niño, es...una niña". Porque efectivamente no tenía lo que debía un machito tener, sino lo otro. (Y es que era una marrana, no un marrano, lo que estaban criando en el chiquero).

—¿Y cómo no nos dimos cuenta antes?
—No sé, viejo, no sé. Pero, ¡qué horror!
Y mamá cogió "aquello" y le dijo a papá que tenían que ir a ver a Juliana enseguida, porque estaba segura de haber parido macho, no hembra, "qué va, m'hijo: eso debe de ser un daño que me ha echao sabe Dios qué hijo e' yegua. Después de haberle dicho a todo el mundo que era varón, ¡varón!, ¡qué pena!, ¡qué descrédito!" No sabrían ni donde meter la cara ahora.
—Vamos.
Juliana ponía algo así como una pecera llena de agua en el centro de la mesa y miraba y miraba hasta que se le alzaba el "fluío", decía ella, en forma de burbujas.
Pues mi padre y mi madre se fueron dando tumbos con el puerquito a cuestas a casa de la negra espiritista. Había un millón de gente esperando en la sala para poder consultarse, pues Juliana (decían los que decían que sabían) era buenísima.
La gente estaba loca de impaciencia. Pero mi madre, hecha una furia, dijo que ellos tenían derecho a consultarse antes por ser ciegos. Y enseñaron los ojos en blanco y empezaron a palpar la casa.
La gente no cedía: los cojos enseñaban la muleta, los mancos el muñón, los paralíticos daban gritos tocando como un tambor las sillas de ruedas de madera (que se hacían con cajones de bacalao), los enanos brincaban unos sobre los otros protestando. Pero uno se rió y empezó a murmurar, y siguió otro, riéndose bajito, hasta que fue una ola de risas que ahogó todo, porque habían visto lo que se asomaba por el bulto de trapos que mi mamá traía.
Cuando entraron al cuarto, Juliana estaba en trance, la puerquita gruñía como el diablo y el coro de la risa se oía puerta afuera.
Juliana, con los ojos como huevos hervidos, les dijo que salieran corriendo pa' la casa, que sacaran al puerco del chiquero y echaran allí al niño. Que eso les iba a traer buena suerte. Y ellos lo hicieron. Fue así que regresé al hogar de mis padres. Claro, que desde entonces, mamá y papá creyeron que yo era un puerco. Y me gritaban, por ejemplo: "Límpiate el hocico". O si no: "¡So cochino,

embarraste la mesa de comida!", "¡Marrano, te measte otra vez en la cama!"

Me daban, ¡qué palizas! por cualquier cosa, porque creían que así me iban a hacer perfecto, me volverían persona, como dicen. Y con cada paliza me daban mil consejos. Me decían que eso a mí me iba a durar bien poco, que se me iba a acabar la gozadera y el vivío de panza, porque en cuanto llegara Navidad me iban a apuñalear y a servirme en la mesa con mojo y cebollitas.

Yo les decía que no, que pa' eso estaba el puerco del traspatio, y ellos me contestaban que allí el único puerco era yo mismo, que el del traspatio era el que tendría que estar en la casa con ellos porque era el verdadero niño y que, si no fuera por Juliana, yo estaría ahora en el corral comiendo sobras.

Yo les decía que yo hablaba igual que ellos y que los puercos no hablan. Y aquí empezaban a cantar bien alto haciéndose los que no me escuchaban, o si no me voceaban al oído que había aprendido todo lo que sabía por ellos, porque ellos me lo habían enseñado con cien mil sacrificios, a pesar de ser puerco. Pero que en cuanto se asomara Diciembre me fuera "apreparando" porque me iban a meter en el horno; o si no, si Diciembre se demoraba demasiado ese año, me iban a vender al tipo aquel del circo "Carparrota" para que me exhibieran como el único puerco que habla y que llora.

Entonces yo cogí un poco de miedo, ya que ellos no sabían que yo era de verdad el hijo de ellos y que el puerco era el otro. Aunque entonces pensaba también si no sería yo el equivocado y el niño fuera aquel...o aquella, yo ni sé, y yo fuera el puerquito. O que no fuera así, sino al contrario, y el niño fuera yo, efectivamente, y ellos los puercos, ciegos como dicen que son, que no quieren a nadie ni entienden nada nunca y que devoran todo lo que encuentran.

Y entonces yo cogí un poco de miedo, como ya iba diciendo, y el miedo aquel creció como si fuera un puerco enorme y jíbaro que ataca en medio de la noche. Ya todo era de miedo allí: la casa con sus muebles medio rotos e hinchados por las lluvias, y los techos de yagua temblorosos, y los pisos de tierra que se podían hundir como las tumbas en el momento menos pensado, y los espejos de los escaparates cubiertos de una lepra negra como unos mapas de países

que no existen, y la mata de yagruma quejándose del miedo cuando el aire...
Entonces decidí huir de la casa, o algo mejor: hacerselos creer.
Porque no me escapé, sino que me escondí hasta que me empezaron a buscar: "¡qué desgracia!" —decían— "¡qué desgracia!", quejándose seguro porque al yo irme, no iban a tener ya nada que comer cuando llegara el frío; puesto que no se daban cuenta de que podían matar al del corral, pero ellos se creían que aquél era su hijo: ¡Los pobres! ¡¿Cómo se iban a comer a su hijo?!
Y entonces, cuando ya me dieron por perdido para siempre, (yo me había escondido en las letrinas), volví. Pero no dije nada, sino que me asomé muy poco a poco y me quedé en la casa, pero siempre en silencio. Y de allí en adelante no volví a hablar más nunca. Gritaban mucho aquello de: ¡Ay, mi hijo! ¡Aaaay mi hijooo!, pero a mí me parece que esperaban a cuando los vecinos se metían en la casa a curiosear diciendo que iban a dar el pésame, para ver si soltaban algo: plata o comida. Muchas veces la vieja llegaba hasta mi cama, se arrodillaba allí y pasaba la mano por encima como si yo estuviera (yo creo que sospechaba que yo no me había ido). Pero como yo no era ningún bobo, en lugar de dormir sobre la cama, dormía debajo de ella: me acostumbré (y noté que era hasta mejor, pues había el calorcito de la tierra y había lo principal : que estaba a salvo del cuchillo del viejo).
Me sentaba a la mesa y ellos no lo advertían. Y yo me divertía de lo lindo cogiéndoles los trozos de pan y la comida que me iban a servir. Entonces se asustaban porque pensaban que era algún fantasma y lloraban chillando: ¡Ay, mi hijito, mi hijito!
Yo creo que eso pasó porque como mataron al puerco de verdad en aquel diciembre, pensaron que se estaban comiendo su propio hijo.
Digo, eso creo yo, porque la situación era bastante cruda entonces y no podían hacer más que matarle.
Así que yo me pienso que ellos se pensaban que yo era el fantasma del puerco y que estaba vengándome por haberme comido con yuca y cebollitas.

Como ellos se creían que ya me habían asado, no podía ni chistar. Ya no había peligro porque de todo lo que hacía yo, le echaban la culpa al puerco, o a mi fantasma, o sea, al fantasma del puerco.

Lo mismo me comía la comida, que me tomaba su agua, que me ponía la ropa del viejo y lo imitaba riéndome para dentro, que cantaba y bailaba, meneándome y moviendo los labios (pues la música la hacía con el cerebro) mientras lloraban ellos de hambre o de sed con ojos que a cualquiera (de no saber que eran completamente ciegos) le hubiesen dado miedo.

Así pasaron meses en los que empecé, poco a poco, a hacer ruido, volviéndome más y más descuidado. Y llegaron volando los años y se fueron como auras que se dieron un banquete. Y ahora ya hablo, canto, rompo lo que quiera y taconeo en el piso, pues como están tan viejos, se piensan que ese ruido brota de ellos. Y como ya están secos, inmóviles (parecen momias), piensan que el movimiento es el de ellos, y que lo que yo hablo lo hablan ellos, son ellos. Y pueden que hasta crean que son sus propios sueños, listos a despertar un día de éstos, o que ya están del otro lado, han muerto, y que es ésta (mi vida) su otra vida, la que nunca vivieron.

Ciudad Velada

La ciudad en que todo lo que vive y respira es cubierto con mosquiteros es, por mérito propio, sede internacional de los mosquitos; donde cualquiera, de mover las manos, sin querer, discutiendo o apenas conversando, o hacer la pose militar más simple, rascarse la nariz o entre las piernas, o abrirlas en el clásico ademán de la resignación, se le manchan los dedos y las manos de sangre. Por eso algunos piensan, no sin cierta razón y cierta lógica, que en el fondo, poner los mosquiteros no es una prohibición a los mosquitos; que no se ponen para protegerse ni para reducirlos, sino, por el contrario, (porque es el resultado lo que cuenta) para desarrollar (y eso es lo que se logra) la inmensa sed de sangre de estos bichos. Las camisas de seda transparente, o las blusas de tul, inclusive las medias tejidas o de nylon, los erotizan tanto (si es que cabe aquí un término humano) que en la ciudad que digo han muerto muchos, más que acribillados, succionados, al punto de que al hallar los cuerpos y pretender moverlos (pues quedan en grotescas posiciones), las carnes se desprenden sin sangre de los huesos. Y así hay tantos teóricos (los eternos teóricos para estas situaciones) hablando de suicidio y de suicidas, sin pensar que, en el fondo, estas personas sólo siguen "la ley ineluctable que les marca su sino", al habitar esta ciudad velada en contra o pro, en alivio, en salud o castigo, quién pudiera saber, de los mosquitos.

Principios de la Atlántida

Había abierto la llave para llenar la bañadera. Al rato está en la calle, lo recuerda, pero no si la cerró. No recuerda que se haya sumergido; hay un bache, un vacío entre el momento aquel y éste, que se llena en su mente de agua que se desborda empapando sus libros, sus papeles, cubriendo hasta su cama poco a poco, todos los muebles, sube, entra al escaparate de la familia, moja su único traje, hace que repten sus corbatas, esparce, haciéndolas otra vez gelatina, las fotografías, levanta, hace flotar por la sala vestidos de su madre ya muerta, infla los pantalones de su padre que aún guarda por error, los sumerge hasta el fondo, hace danzar las sayas y las blusas de sus hermanas idas, sube, arrastra con fuerza los vestidos de su mujer, es fuerte la corriente, hunde los cuadros y los libros altos, libera las repisas de sus objetos, fluye abriendo otras puertas, ahoga los enseres de cocina, ahoga los objetos destruidos de su niñez, ahoga la posible niñez de sus hijos, sumerge platos y cubiertos, sube.

La casa es un acuario de fantasía ahora, con peces que inventó su fantasía. Pero ha cesado, porque al darse cuenta ha corrido a cerrar la llave quizá abierta: a veces vivir solo es un grave problema.

Le abre su mujer antes de que él lo haga. Pone cara de horror: ha aparecido él, ahogado, a la puerta, y algo peor: el agua, que lo mantiene en apariencia en pie, amenaza entrar, y ella, ahora auxiliada por los padres de él, luego por sus hermanas niñas, y sosteniendo sillas y objetos que amontonan contra la puerta, empujan, pretendiendo contener entre todos la inmensa masa de agua.

Un Insecto Amigo de los Perros

(Informe para la Sociedad canina)

Reza la frase popular, la leyenda, y hasta a veces la Historia, que el perro es el mejor amigo de los hombres. Como no existen frases (que yo sepa), ni leyendas de crédito que hablen de un presunto "mejor amigo" de los perros, llego por deducción, a que el mejor amigo de los perros (si de asiduidad y preferencia y lealtad se trata), es la pulga. Pues si como los perros muerden al hombre por lealtad al hombre, ¿quién sabe si la pulga muerde al perro por lealtad a aquel otro perfumado, desinfectado y limpio, que se llama Fifí, Leal o Canelo?, porque aunque la intención no sea consciente por parte del insecto, el hecho es que es así y viene a ser lo mismo, venga el perro a morderte por amor a su amo, o venga porque sí, pero no muerde al amo. Por otra parte, fuera del tema de los amos, que son en este caso perros (precisamente los que no sufren pulgas), aunque otros argumenten que el díptero en cuestión es un dañino parásito del perro, por tanto su enemigo, ¿quién me podría afirmar que no está siendo el amante más fiel en el instante en que chupa la sangre de éste, no la de otro; su compañero de miserias, burlas, patadas, privaciones (condición "sine qua non" un perro no prolifera en pulgas); su hermano, irrecusable por consanguineidad; su hijo, por conclusión en nada absurda teniendo en cuenta cómo le alimenta con sangre, sacrifica sus mejores momentos, abandona por él chances magníficos de ser un perro de salón, sentencias cien por cien paternalísimas? Y si avanzamos más, y vemos que es el hombre padrino de los perros, y que al sacarlos él de aquel anonimato de callejuelas sucias, de solares yermos llenos de basura, de aquella nebulosa de olores casi nunca buenos, para empezar a ser Motica o Rin-tin-tín, inyectados y a salvo de las pulgas (su estado natural como ya vimos); llegamos a pensar que el hombre que le pone la placa y el bozal y la cadena, le da su madurez, rompe como quien dice ese cordón umbilical del perro que lo ataba a la noche: su madre de basuras y de insectos.

Realidad Parodial

Echábamos perlas a los puercos. Y los puercos se atragantaban con nuestras perlas. Y ya escupían, y hasta vomitaban cantidades de perlas estos puercos. Y le salían perlas a los puercos por las orejas peludísimas. Y hasta les salían perlas por donde ya sospechan, a los peludos puercos.

Y perlas y más perlas provocaban inundaciones perleriles que a estas alturas ahogaban ya a uno que a otro puerco.

Y en los mares de perlas venían barcos con muchos pescadores de perlas que, por cierto, traían a sus señoras, distinguidísimas damas con vueltas y más vueltas de perlas a los cuellos.

Esos cuellos tan finos que podrían perecer cercenados de un solo mordisco de alguno de los puercos que ya tiburoneaban esos mares puerquísimos, aunque llenos de perlas.

Y de vez en vez los pescadores pescaban puercos en lugar de perlas. Pero no era problema, porque abrían a los puercos que estaban rellenísimos, como ya pueden suponer, de perlas, que tragaban como único alimento a estas alturas. Y ya los pescadores no querían pescar perlas, porque pescando puercos "ya la hacían", por lo tanto preparaban anzuelos con alguna cosa verdaderamente preciada por los puercos. Por ejemplo, un "trozo 'e carne 'e puerco".

Y así los pobres puercos, que estaban a esa dieta de perlas que nosotros —por no tener otra cosa que echarles— les echábamos, se abalanzaban por el fondo de aquel mar de perlas, a devorarse el "trozo 'e carne 'e puerco" lo más pronto posible. Porque aunque hay quien dice que el apetito de los puercos no distingue entre una galleta y un zapato, me parece que el solo sonsonete de perlas no le caería bien a estómago alguno, ni siquiera al de un puerco. Así que preferían tragarse un trozo ya despellejado, cocido o crudo, de algún que otro congénere.

Nosotros seguíamos echándoles perlas a los puercos. De vez en cuando, alguna zalamera puerquita pasaba con un brazalete de perlas. Aunque falsas, no nuestras perlas, claro.

Nuestras perlas, que fueron entendidas como perlas sólo generaciones más tarde. Como piedras perlosas que caían quién sabe de dónde y que formaban altas pirámides perladas.

"Pero en realidad, echarles perlas a los puercos tiene su gracia —diría un gracioso—, por lo menos cuando uno ve un puercazo enorme resbalar al pisar una perla verdadera. Y caer con estrépito descomunal, escachando las perlas de fantasía que ellos fabrican."

El Privilegiado

Había un solecito perfecto. Ni una nube, el cielo estaba azul de punta a cabo. Un fresco delicioso. Era, en resumen, el día perfecto, el que durante meses esperé para ir a la playa. Cogí un taxi: no era de los que les gusta el amontonamiento de la gente en la guagua, la peste a grajo y el empuja-empuja. Llegué (con la esperanza de no encontrarme con ninguno de mis amigos: tírate, dale, ven, nada con nosotros hasta la boya, ah, ah, ven, comemierda, tírate), saqué mi ticket, para lo cual tenía ya, a flor de bolsillo, mi carnet de trabajo.

Me entregaron la llave, que era el número 634 me parece, ahora no podría estar seguro. Me desvestí, poniendo por el orden que me los quitaba, mis zapatos, mi ropa y el libro que traía. Saqué lo imprescindible y salí hacia la arena. Había otros muchachos con trusas muy ceñidas; me sentí muy incómodo en mi short, a pesar de que era bastante desahogado (la verdad es que me daba casi por las rodillas), me pareció que de un momento a otro se podría rodar, dejándome desnudo a la vista de todos. Por eso (aunque no estaba entre mis planes) me eché sobre la arena a coger el sol. Algo me molestaba. Sin saber bien por qué, pues no tenía deseos de fumar, encendí un cigarrillo. Pero...¿a quién se le ocurre ponerse así, a echar humo, cuando todos suponen que está cogiendo sol? (Una de las dos cosas parecería el pretexto de una tercera). Entonces apagué el cigarrillo (lo hundí bien en la arena, pues podría quemar a algún niño distraído) y me eché para atrás. Trataba de pensar en otras cosas y sólo me veía allí, así mismo, en esa posición, así, tratando de pensar en otras cosas. Me pareció ridículo. Sólo entonces noté que

dicha posición (con las manos sirviéndole de almohada a la cabeza, los codos hacia fuera, una rodilla arriba) era la clásica de los privilegiados y los vagos: y ¿qué era yo, en definitiva, si ahora tomaba esa actitud? No sólo quien me viera, sino yo mismo para mí tenía un aire de quien roba el espacio de otro, de otro que quizás estaría haciendo sacrificios por mí, y yo en aquella pose, me hacía pensar que... Entonces me acosté de un lado, y con tan mala suerte que unas muchachas con las piernas alzadas (y muy cerca) me ponían en peligro de sentirme un rascabucheador. Del otro veía el mar dando golpes de espuma: esa contemplación sin sentido sería, para la mayoría, algo dudosa; ¡de espaldas ni pensarlo!: me podrían confundir. No tuve otro remedio que levantarme entonces, caminando hacia el mar. El agua estaba fría, a pesar de lo bravo del sol. Allá, a lo lejos, veía a los nadadores, que reían y gritaban, lanzándose de lo alto del trampolín. Donde yo estaba sólo había familias, niños, señoras gordas, viejos...esto era preferible. Me quedé en un lugar donde me llegaba el agua hasta los hombros dos o tres horas. Luego salí en camino recto a las taquillas. Al llegar, tiritando, fui a buscar mi toalla. Cogí la llave, que me había amarrado, muy cuidadosamente, al cordón de mi short. Miré bien, (por si acaso) su número, igualito al número pintado en la pequeña puerta. Metí la llavecita, le dí vuelta...y nada. Pensé que era que estaba trabada, la humedad... Ni atrás ni alante: nada. No podía ver: volví a mirar el número en la puerta, en la llave, en la puerta: era el mismo. Traté otra vez, poniéndola al revés, hundiéndola muy suave, primero por la punta, tratando más que nada de no perder la calma y ponerme nervioso. De pronto llegó un tipo sofocado, corriendo. —¿Que hace ahí? —me gritó. —Se trabó mi taquilla —le contesté con amabilidad. —¡Esa no es su taquilla! —me gritó (y más desaforado todavía). —¡¿Cómo que no?! ¡Aquí están todas mis cosas!
—¿Sus cosas? —me volvió a gritar— ¡Que descarao! Serán mis cosas. ¡Esa es mi taquilla!
—¿Cómo? ¿Qué dice? —(yo también grité). —¡Demuéstremelo entonces! Y se empezó a zafar la llave que traía, como yo, amarrada al cordón de su trusa. La verdad es que esperaba divertido el momento en que, ¡tras!, la llave se trabara. Pero ví que la hundía

en la cerradura muy fácilmente y ¡tras! se abría la puertecita. Claro, de todos modos, estaba yo en ventaja, ya veía mi camisa en su perchero, mi pantalón azul, mi bolsa. El tipo éste tendría que desistir de su equivocación. Pero ahora se reía, ahora sacaba mis pantalones, mi camisa, todo, y lo enseñaba a otro.
—Mira que hay caretúos en esta playa, viejo.
—Óigame, yo... —insistí, porque si no...
—No, no, no, no hay problema. Eso le pasa a cualquiera. Iba a decirle: "Óigame, es mi ropa", pero mirando bien esa camisa, cualquiera la podría tener: una camisa blanca con cuadritos y círculos que yo mismo había visto en las vidrieras, en la calle, en la guagua, por montones. Un pantalón azul, así, sin más, sin otra distinción, también era posible que... unos zapatos como esos, unas medias agujereadas, negras, de nylon, sin elásticos, ¿quién no podría tenerlas? Finalmente: ese libro...sí, era el mismo que yo traía: los cuentos de Edgar Allan Poe, y sin embargo...¿a quién no le gusta el misterio?... Y como yo me había quedado allí, frente al tipo, mirando cómo se ponía mi (¿mi?) ropa, y lo miraba más y más, y lo miraba, me dijo, ahora muy amable: "Seguro que éste no es el número e' su llave."

Se la tendí sin decir nada. El hombre la cogió y miró a todas partes. A veces no concuerdan con los números de las taquillas, ¿sabe? No supe qué decir, cogí la llave otra vez, sin mirarlo. No iba a ponerme a registrar en todas. Ahora sí (ahora, que no coincidiría de ninguna manera con las otras dichosas puertecitas) podrían creer que era un ladrón, un "lumpen", un detritus social incorregible (con el peligro que suponía la furia de los ocupantes verdaderos). El verdadero ocupante de la mía creo que adivinó mi pensamiento, porque entonces me dijo:

—También puede que sea de otra playa.

Pero cómo, si yo estaba seguro, segurísimo, que era de aquella misma. Ni siquiera me había corrido del lugar que ocupara en el agua. De la taquilla al sitio donde me había tirado a coger sol había muy poquita distancia. Por otra parte —me repetía—, siempre caminé en línea recta.

Salí otra vez hacia la arena. El hombre, como es de suponer no se ocupó ya más de mí. Pensé que si su llave funcionaba y la mía no, no había más que discutir. La posibilidad de que a mí se me hubiese perdido y él la hubiese encontrado, era nula pensándose que estaba entre dos nudos en el cordón del short, y que siempre había estado entre aquellas familias. El tipo parecía estar muy seguro, tan seguro como yo confundido. Ahora, ¿qué haría? No me podía quedar allí, vagando. Ahora sí afirmarían que era un espía, el portador de algún arma mortífera, que sé yo...cualquier cosa. Ya no entendía nada, volvía a pensar en el transcurso lógico de los hechos, trataba de encontrar la válvula de escape a mi problema, aunque ahora ni sabía cuál era mi problema. Se había hecho tardísimo mientras pensaba. Veía que la gente se iba a montones. Yo ahora tendría que salir también de allí (contra lo que hasta entonces había sentido, nadie se fijaba ya en mí). Hablaría con alguien de la administración, por intermedio de alguien, podría...pero no: ¿quién me iba a creer? ¿A quién confiarme ahora? ¿A quién? De pronto me dí cuenta que estaba solo (y nadie se había escandalizado por eso). ¡Me sentía hasta bien en la playa! (¡qué raro!) si...tendría que salir...pero...¿a dónde? Qué va, no me iban a dejar atravesar así el umbral, y aunque pudiese hacerlo, quizás saltando tapias, no llegaría muy lejos; donde me presentara en esta facha no querrían ni escucharme. Ya habían cerrado todo en la playa. Y si pudiera llegar hasta mi casa...quién me dice que no estaría ese tipo allí, el mismo de la llave, y no me botaría a caja destemplada, porque esa es su casa y que mi madre, saliendo de la cocina (puede que hasta tuviera puesto el mismo delantal de ovalitos con el que la dejé) me dijera: "¡al carajo!, ¡está bueno de molestar a mi hijo!", y yo (él, él, perdón) se hubiese tirado otra vez en mi (en su, perdón) cama, volviendo la cabeza del mismo lado que yo cuando no quiero saber nada la vuelvo, cuando mi madre (su madre, perdón, no, volverá a pasar) me (le) gritase que es hora que saque a ese loco e' la casa y yo (¡otra vez!, ¡perdón!) él me tire hasta la puerta en la cara, mirándome con mis (perdón, con sus) ojos muy abiertos?

Me eché sobre la arena, y ahora (¿qué raro, eh?) no me sentí ridículo. Podía ponerme en cuanta posición se me ocurriera, nada; (pero qué raro) me parecía inmoral ni grotesco.

Entonces empezó el descubrimiento. Empecé a caminar más y más rápido, a correr, a correr, casi ya que a trotar hacia el lugar de dónde se tiraban aquellos nadadores. Y llegué al trampolín más alto y me tiré. Y fue una formidable pirueta antes de caer y sentirme un nadador increíble, y bracear hacia todas direcciones y bucear luego, así, hasta lo más profundo, como un pez, y volverme a lanzar otra vez y otra y otra, de una ola a otra ola, y luego hasta lo hondo otra vez, por debajo...

Y siento que ahora yo ya no podría respirar allá afuera, que estoy en mi elemento; soy un privilegiado y nadie ya más nunca me podrá disputar mi lugar en el mar.

Mascarada

El tipo, al colocarse la máscara ante el espejo, cuida de que se adhiera con perfección al rostro; no le debe variar la expresión cotidiana, los ojos debe parecer que brotan de la misma mirada, la barbilla no puede dejar ver las arrugas de las terminaciones, la nariz de la máscara va a oler como si oliese, la boca debe hablar, no cerrarse y abrirse como en las máscaras vulgares, las orejas tendrán que darle a todos la apariencia de orejas con oídos, esta frente, esta nueva frente, deberá parecer tal como si pensara. El líquido adhesivo debe ser, es, de una calidad que ni siquiera la más acalorada discusión, ni el embate en sentido inverso de los principios que sustentara alguna vez el rostro (que debajo palidece) la muevan.

Pero al final, el tipo quiere dormir, la máscara también, y el tipo quiere soñar mientras la máscara y él "se echen un ratico".

Se la quiere quitar un rato, porque pesa, mientras más ajustada y más perfecta le parece, más le pesa, y cuando se ha encontrado con los viejos amigos del rostro y ha tenido la oportunidad de demostrar su perfección, casi que le ha punzado como un dolor, que ahora se hace ya insostenible, casi tanto como el dolor que le punzaba el peso del rostro verdadero, y quiere recordar cómo era aquel, ya por curiosidad más que por otra cosa, pues descubre que no hay dolor realmente, sino recuerdo de un dolor y podría hasta soñar con ella puesta; pero ahora, cuando intenta quitársela (es un juego, se lo dice a sí mismo que es un juego) ve que, si la desprende, sale el rostro con ella; si la saca, le queda sólo un hueco que hasta podría ocupar el rostro de otro; coge miedo y se acuesta con su máscara puesta.

Al despertar recuerda que soñó que tenía la máscara puesta al revés y que el rostro verdadero se le veía. Retoca con cuidado su expresión ante el espejo: los malos sueños pueden olvidarse con un poco de esfuerzo.

Concierto

Cuando llegué ya estaban aplaudiendo. No pude comprender como la orquesta había tocado sin esperarme. Claro, yo me había demorado: el cello, mi instrumento, había estado perdido, y en cuanto lo encontré (tuve que registrar hasta virar la casa boca abajo para encontrarlo, al fin, dentro de un closet clausurado, lleno de telarañas, taladrado de comejenes) casi sin sacudirlo lo llevé a rastras, y corriendo casi, hasta llegar allí (quiero decir: aquí, pues siguen aplaudiendo todavía, y pienso si es posible que hayan dado el concierto faltando un integrante de la orquesta. Y aunque mi silla esté al final, detrás de los demás y yo sea el más oscuro de todos los intérpretes, en otras circunstancias (en una circunstancia normal, quiero decir) no hubieran hecho esto. Y siguen aplaudiendo, y ahora veo que me miran (tremenda rociadura, quizá me cueste el puesto) pero veo que mi silla (lo sé que esa es mi silla) no esta ahora donde siempre, sino al centro, con el atril, sobre una plataforma. Y siguen aplaudiendo (¡todavía!) y me siguen mirando (es absurdo: sonriendo). Y noto que es a mí: el público gritándome sus "¡bravo!", mis propios compañeros con los ojos fijos en mí, aplaudiéndome. Y ya esto se prolonga demasiado y pienso que es un sueño, (es lo más lógico) y que despertaré cuando se aburran de aplaudir y de tirarme flores, y que cuando despierte y vea que voy a llegar tarde a la función tendré que comenzar por buscar mi instrumento.

El gran poema

No tenía lápiz ni papel, y estaba loco con mi poema, con mi poemón, con mi poemazo. Me parecía genial. Salía de mi cabeza volando y lo agarraba: "Otra vez a tu jaula, no hay lápiz ni papel." No sé por qué pensaba que era tanto o aún más importante el papel. Después lo supe. Gutenberg le dio su propia explicación. Nunca es lo mismo verlo, centradito, en medio de una página. Me acordé de mi amigo Gutenberg cuando ví los periódicos, todo el mundo tenía el suyo en las manos: "Más de cincuenta mil muertos". Tanto periódico y tanta gente me dio la idea de que aquello era absurdo. ¿Para qué hacía falta que cada uno tuviera su periódico pudiendo leer el del otro? Al menos yo podía: "Pasan de cuatrocientos mil los heridos". El poema no me soltaba el cráneo, cada vez crecía más. Me acordaba de todo, de la primera línea hasta la última, pero podría perderlo si no conseguía pronto un lápiz, un papel. "Incalculables pérdidas". "Montones de personas quedaron atrapadas bajo las ruinas". La última línea había quedado al centro. Clamaba por el punto final, que iba a aliviarme, porque así tendría tiempo de llegar a mi casa. Y esta vez sí que no me distraería. Ni siquiera en la guagua, como la vez aquella. Lo traía perfecto, como una melodía de las más pegajosas, pero en la guagua un hombre con un niño de tres o cuatro años, como el chofer no le paró, ahí mismo en el estribo (quizás para vengarse del chofer, pues todo el mundo sabe que eso está prohibido), encendió un cigarrillo, y el tipo aquel que estaba jamoneando a la muchacha aquella, se encendió como el fósforo, explotó como el fósforo en el gas, y le cantó las mil y las cuarenta, y luego el militar, muy jovencito, pues para algo estaba allí, y lo pusieron verde, y se bajaron con el hombre del niño, y yo creí que lo iban a matar porque el militarcito sacó el revolver y el jamonero le agarró la mano para que no fuera a disparar, el caso fue que cuando se llevaron al hombre que lloraba, o casi, a la estación, y al niño que gritaba: por haberme bajado yo también, de curioso que soy, se me olvidó el poemón. Mi poemazo, cuando lo fui a escribir, fue un verdadero picadillo humano. Y esta vez sí que no, pues como yo no soy de los que puedo sentarme ya con todo alrededor y escribir (tengo la mala suerte de que viene cuando estoy lejos y no tengo encima nada con qué), así mismo, por cosas como ésas: como cuando ahí frente al edificio donde están los becados de medicina, un grupo (debían, por las edades, ser del último año) jugaban con aquel retrasado mental y le metían el dedo en el fondillo y él chillaba en su idioma que lo dejaran ir, que ya no más, o cuando me encontré al pie de la escalera que conduce al piso en que yo vivo (era de madrugada y yo corría con un poema ya deshilachándose) aquel niño dormido, desnudo, sucio, el hijo de mi vecino, que (lo supe el otro día) castiga así a sus hijos, y por pararme a contemplarlo, como el viejo que...bueno, por cosas como ésas, había perdido un poemario buenísimo, treinta o cuarenta poemas redondos, excelentes.

La gente disfrutaba su periódico una barbaridad: "Debajo de las ruinas los cadáveres insepultos infectan el aire, multiplícanse más la epidemias", pero ahora mi objetivo era llegar sin la menor interrupción a casa y ponerme a escribir. Aparte que hacía rato me dolía un poquito la barriga, pero no, de eso nada, si me ponía a buscar un lugar por lo menos decente y agradable, perdería mi poema. De todos modos, ya mecánicamente, o por aquello de guardarlo y luego leerme lo del desastre, o a lo mejor porque pensaba que alguien me prestaría un lápiz y en los bordes...o puede ser mejor, yo creo que fue por eso: porque arreció el dolor, me decidí a comprar yo también el periódico. Pero el tipo que más apropiado se me hizo, cuando le pregunté, me dijo que lo habían vendido por allí, "por aquí mismo, sí, pero por la mañana". Creí que era mentira, porque la gente se afanaba tanto leyendo su periódico como si todavía estuviera calentico. Ya para ese momento se me estaba olvidando el final del poema. Ví una cola y me puse, fue por pura intuición, le pregunté al de atrás para qué era, y el viejo casi me insultó: "que cómo era posible, que qué sé yo, tan joven, que la gente quería saber detalles por un problema de conciencia". Pero antes de avanzar ni cuatro pasos, aquello se deshizo. Mi poema, a esas horas, se disgregaba ya, como la cola, perdía verso tras verso. Se me ocurrió seguir al viejo que, seguro, saldría inmediatamente en busca del periódico, así hubiera que ir hasta el fin del mundo. Ví que, al doblar la esquina, corrió (no era tan viejo), como un atleta casi, hacia otra cola, pero muy pronto me di cuenta que era la del café. Decepcionado y deprimido, habiendo perdido mi poema, me lancé a la tarea de encontrar un servicio. Fue difícil. Cada vez que veía el letrero de "Roto" o la montaña de cajones puestos contra la puerta (como para evitar que hubiera dudas), me entraban más deseos. Mandé al carajo el poema, me di de cuenta que no era imprescindible para mí, ni tan bueno como pensé al principio. Ahora comprendía la importancia de haber llegado a tiempo a comprar el periódico, ¿de qué modo si no me iba a limpiar? Dando vueltas había llegado al mismo sitio donde, por la mañana, estuvo el vendedor; vi al tipo al cual le pregunté (me di cuenta de que no me había engañado, pues todos los periódicos estaban arrugados, no eran nuevos). Le pregunté a otro hombre (con cuidado para que no me fuera a oír el anterior), dónde estaban vendiéndolo (va y me lo regalaba, si ya lo había acabado), pero dijo lo mismo que el primero y ahora sin levantar los ojos de la plana. Pero le rogaría, le explicaría a alguien que lo tuviera la vital importancia que tenía para mí. Aunque veía a la gente tan enfrascada, tan entusiasmada con la lectura, me veía a mí mismo, ya temblando, ya verde (seguro que estaba verde) del deseo, de la necesidad, me aterroricé, pues aunque no lo explicara, se darían cuenta, y nadie, aunque no lo quisiera, iba a quererlo dar para que uno se limpiara las nalgas con tantos muertos. Entonces empecé a buscar un inodoro, sin preocuparme de qué haría después. Y lo encontré. La gente se apartó al ver cómo venía. Vi movimientos rápidos de manos, de poses y de señas. Alguien salió. Seguro la mirada que yo le eché apuró al que estaba en la taza.

Fue un alivio tan grande, que no hubiera cambiado mi poemario, ni nada, ni la obra de arte más rotunda de la historia, por aquel momento. Desde mi puesto veía (ya estaba solo) cuántas inscripciones, cuántos dibujos, versos pornográficos, y lemas de toda índole había en la pared. Y cuando terminé, que mi mente otra vez se puso en orden, comprendí, sólo entonces, mi estúpida idiotez de no quitarle el dichoso periódico a cualquiera, fue cuando vi que no tenía ni siquiera pañuelo, que de tanto papel, en tal estado lleno de porquería no era ninguno aprovechable, y nada me importó, y lo hice con mi mano, con la mano que hacía como diez años no escribía un maldito poema, con la mano.

Y la mano solita, eso lo puedo jurar y asegurar, fue a la pared, primero para limpiarse ella a su vez, y luego para escribir (debo reconocer que sentí asco o algo peor que asco, que me sentí aplastado, destruido, cobarde, miserable) para escribir allí, tal vez, mi único poema.

Poder del Pensamiento

La entrega parecía ser plena. Pero se rajaban un poco las paredes al soplo de certeros vientos aciclonados. Metía el pensamiento su rabo de animal en las más leves hendijas de la entrega, hasta hacerles boquetes como cráteres. Hasta dejarlos casi casi en ripios. Una vez que la entrega fenecía, el pensamiento se consolidaba en el trono del tiempo. Su poder venía ya minándole las venas al pensador constante. Se aposentaba en todas las esquinas del ser. Voceaba allí su miedo de cuerpo estomagado. Se arrastraba el tenaz por los pasillos de las almas desnudas. Con un rumor de miles y de miles que rezan y que arrastran rosarios de cadenas.

Los dominaba a todos el tirano pensamiento falaz (falaz, pero en el trono) sin dejarles vivir a su manera, sino que, al obligarlos a quedarse o marcharse para contradecir sus sentimientos, les golpeteaba con los miembros extenuados de un cuerpo en vela aún...sólo pensando.

Sumido en pensamientos sumarísimos
sumándose a mentiras pensativas
pensando en onerosas sumisiones
en las más onerosas sumisiones
del ser
ante el no ser.

Ella y yo

Uno no podría saber lo que ella desea. De lo que ella protesta, lo que la mortifica, y los porqués que tiene para todo lo que hace.
Uno respiraría, si fuese posible respirar en su presencia sin sentir el olor de reprimenda y la sorda tristeza del aire en torno suyo. Uno quisiera caer en esas ocasiones bajo la mesa, al rincón de lo oscuro, al subterráneo de lo aparente, al hueco que un día habrá de proteger al más desamparado; al que no puede amar todo lo que quisiera, con una fuerza desheladora, con un calor que derritiese las estatuas del sueño. (O para mejor aún decirlo: con una tibieza reblandeciendo máscaras, hasta llegar al verdadero rostro. Como un aspa abatiendo acritudes del viento, pulverizando todos los cristales del odio, redondeando las puntas de cada juicio, destrozando espejos que insisten en la imagen de ayer y de anteayer.)

Para ése, para el desamparado de su propia virtud, no hay caverna ni pozo imprescindible, no hay huida posible, sino estar ahí, ahí, la espalda al aire de ella, sufriendo los montones de rostros que se agolpan y resbalan y que hincan en los hombros, y empapan de invierno las paredes, los muebles, los posibles paisajes de verano.

Para ése, para el que no tiene pasión de amor, y no lo pueden alzar como bandera en ristre. Para ése, para el triste poeta-yo que no cree en su crecer, no habrá consuelo ahora, ni olvido de su perturbadora presencia, de su estar removiendo las aguas del olvido-recuerdo, punteando los espacios del mapa muy vacíos; para ése lo que hay es despedidas que se confunden con las bienvenidas, y un mazacote

de no ser cayéndole sobre el brillo que oculta para no despertar el rencor de la sombra.
 Uno no podría saber qué hay detrás de todo esto. Del refunfuño de ella, del nervioso escobazo a los brillosos pisos. Qué hay detrás del infierno entrevisto de su dolor de estar, para aliviarlo (lo que pueda uno), porque uno trae espinas también, que el aire empuja y hunde y cede a las palabras de martillo y a silencios heridos, hirientes. Y se clavan.

El Líder

Yo no había sacado ningún turno, y era casualidad, sin el litigio de la cola y la cosa, que estuviera sentado, con el menú en las manos y mirando para la mesa próxima. Cuando uno va solo siempre mira más pronto para la mesa próxima, y se apena, y entonces todo el mundo se vuelve un poco cómplice de esa soledad y de esa pena y se siente obligado a ponerle su mesa ante los ojos, como un álbum de fotos. Pero en la mesa próxima, que es siempre la que está en el ángulo hecho para que uno descanse sus ojos de la suya, no vivía ahora una familia de esas en la que uno pudiera retratarse comiendo. En esa mesa había un revuelo de manos, un barullo de vasos y un meneo de botellas y bandejas, que, a pesar de que estaba en el "rincón discreto" que le llaman en esta especie de lugares, era el centro y el blanco de las otras. Era un muchacho de unos doce años y dos viejas. Las viejas no cambiaban de perfil, eran como figuras egipcias que movían solamente los torsos y los brazos, casi a una vez las dos, hablando y manoteando, solamente entre ellas. El muchacho golpeaba las manos de las viejas y halaba y empujaba las bandejas masticando no sé qué absurdo idioma. Absurdo, porque ellas hablaban normalmente ("Señorita, traiga agua para el niño, cerveza para el niño, pan para el niño, traiga...") y porque el niño era, en apariencia, un niño majadero como miles, vestido como miles, con camisitas de esas con bolitas o signos o rombos o punticos o cruces o cuadritos para miles. No hacía ni dos minutos que me había instalado, cuando vi que el muchacho se volvió masticando, sonrió, me guiñó un ojo y regresó tranquilamente, luego, a su mesa, a sus viejas.

El capitán, que vino a recoger la orden, me hizo una señal apenas perceptible con la cabeza: "¡el pobre!" Ya para ese momento el muchacho había vuelto a mirarme sonriendo, y yo le sonreía. El capitán, su forma de apuntar mi pedido, o el blanco de sus ojos cuando me preguntó si no quería ensalada, o su manera paternal, demasiado, de decirme que no, que no había nada de lo que yo pedía, me vino a socorrer, a sacar de mi error. Tuve un poco de pena de haberme sonreído de ese modo, la lástima del capi era una acusación y yo me estaba riendo del muchacho. La señora que estaba sentada a mis espaldas le hablaba al hombre que comía con ella de mongólicos y de otros retardados mentales; el hombre de la mesa del costado buscaba, a toda costa, compartir con cualquiera la gracia que le daban las maldades del niño; yo comía un panecito y tomaba cerveza; las viejas parloteaban y daban gritos ("traiga..."), el niño me ofrecía, con una mano llena de pescado, un huevo que sacaba de su plato. Yo sonreí otra vez y quería que fuera una sonrisa de esas que uno les da a los niños muy pequeños, a viejos muy encorvados y simpáticos y a algunos animales, (pero a mí sí, pero a mi cara no le sirvió de provecho la lección) y sonreí sin más ni más agradeciéndole y negando su oferta, mientras llamaba al capi, que no estaba muy lejos todavía de mi mesa, y le pedía además, y por favor, perdone, ensalada de huevos. Yo empecé mi comida cuando el niño ya había acabado la suya, y metía las manos en los platos y tomaba en los vasos de las viejas que lo aceptaban todo con la resignación del que ni mira ya quién lo flagela, y solamente mueve sus pulseras y habla de esto y de aquello, pues ya tiene bastante con su cruz. Se limpió en el mantel y me miró de nuevo, haciéndome una seña; no soñaba, me pareció creer que me invitaba al baño. Yo no pude evitar sonreír otra vez, y las viejas miraron. Se volvieron las dos para calarme bien y detallarme —como quién dice— en sólo la fracción de un segundo, después siguieron en lo suyo. El niño me miraba, ahora impaciente; quería sin discusión que terminara lo más pronto posible y lo siguiera. De pie frente a mi mesa, desafiándome, con los brazos cruzados, taconeando y echándome miradas relampagueantes, era, para mí al menos era, aunque todo dijera lo contrario, la imagen casi atroz, exigente, implacable, para mí al menos, dije, de la súplica.

Me apresuré, porque todos, las viejas resignadas a su suerte, el capitán, mirando con el rabo del ojo y balanceando la plateada cabeza cuando pasaba cerca, la muchacha acudiendo con vasos y con copas cada vez que las viejas le gritaban, la señora de atrás asegurando "que este tipo de gente vive poco", el marido asintiéndole mientras tragaba y dando palmaditas en su brazo, la camarera haciendo su equilibrio de bandejas llenas de platos sucios hasta el techo, el hombre del costado, como un mago, convirtiendo botellas ya vacías en llenas con movimientos limpios y fugaces bajo la mesa, los demás calculando, y ya perdido todo interés en el muchacho, la cantidad exacta que cabría en el nylon, lo que debían comer y podían dejar y si habría todavía un gesto de elegancia pudiendo aminorar el efecto indecente que debiera producir el saqueo, no podrían ayudarme, no podrían salvarme de este tiempo sin tiempo que yo había inaugurado, ahora me daba cuenta, sonriéndole al muchacho como a un hombre, mirándolo y sonriéndole sin miedo.

Entonces entendí que debía llevar hasta el final mi culpabilidad en el asunto; busqué un pretexto fácil (para mí mismo: nadie me miraba), por ejemplo, volcar sobre mis manos un poco de la salsa del pescado, y miré yo también a la puerta del baño. Ya el niño caminaba sin mirarme. Yo lo seguí. Tenía nalgas muy grandes y caderas como de una mujer, que contrastaban con la forma resuelta y varonil, de persona mayor, de funcionario importante, de militar, de líder, si pudiera decirse, con que andaba. Abrió y me cedió el paso, o entró conmigo, o antes. Al dejarlo de oír, oí el zumbido de colmena gigante que hubo afuera. Se hizo un silencio horrible, agradable y horrible —como quien dice— extraño, succionándolo todo. Se abrió la portañuela y se sacó un pipi diminuto, un pitico normal para su edad, un pito, un pito grande, un pene que crecía, que crecía, que crecía. Fui a salir, porque aquello, aunque parte del error, quien dice: original, no era el objetivo que yo tenía al seguir al...pero ¿había un objetivo?, ni yo mismo...

No era un jardín, aquello no era un jardín, ni un parque, ni cosa parecida, era un simple inodoro, no había otra alternativa: fui a orinar, o fui a hacer que orinaba, y él me dio un manotazo diciendo una palabra sin origen semántico (no era un idioma, claro). El pene era anormal, había que haberlo visto, no tanto, ya no tanto por el tamaño increíble, sino porque apuntaba y se movía en tantas direcciones que uno podría dudar, pensar en una broma o en un truco, en no sé. El baño era pequeño, demasiado. El pene que crecía lo había llenado todo, chocaba en las paredes y en el techo y en la puerta que alguien, no sé si yo o él (no, no me acordaba), había cerrado con pestillo y con llave. Yo pensaba que le iba a reventar y no sabía que hacer. Me sentí abochornado por el mío, que era, en estado de absoluto reposo, junto a aquel (que ya ocultaba casi el cuerpo del muchacho), poco menos que el de un recién nacido.

Sentí miedo del monstruo, sentí pena por él, sentí deseo de amarlo, sentí asco, sentí un odio increíble, sentí alegría, depresión, tristeza, ganas de sentarme en la taza, de burlarme, de herirlo, de insultarlo, pereza de salir y de quedarme, ensueños infantiles, deseos de llorar, celos, espanto, dolor, súbita indiferencia, envidia, confusión, dudas metafísicas, complejos, fuerza, indefensión, cordura, orgullo, horror, ambición de poder, debilidad orgánica, recogimiento místico, locura, hambre, sentido de la muerte, frustración, ironía, deseo de vomitar, curiosidad científica, ilusión de otra vida, claustrofobia, sarcasmo, ansiedad y placer.

No sé qué tiempo pudo haber pasado. Sé que sentí unos golpes en la puerta, al principio muy firmes y rápidos, gradualmente eran más desesperados, llenos de gritos, empujones, patadas. Yo abrí, como si abriera la losa de mi tumba: con la tranquilidad del que ya está más frío que un cadáver. El capitán jadeaba, le temblaban los brazos y las piernas, y su cuello muy grueso, su cara y sus papadas eran rojas. Chillaba que por qué no le abrían, casi lloraba a gritos. Entró como una tromba para caer en la taza; alzados los faldones del frac y con los pantalones por debajo de la rodilla, más parecía una cáscara de plátano podrido sobre un plato de loza que un frac lleno de un hombre que está cagando, haciéndose el que caga, o pujando, hasta ponerse verde y alargado. Por un momento tuve que olvidar al muchacho, interesado en alguien que ha corrido desenfrenadamente, pateado, dado aullidos, se supone que a punto de salirse de su propio intestino y solamente puja, hace todo ese ruido por ponerse a pujar sin resultado. Sentí una voz extraña (que lo llenaba todo de extraña resonancia) y me volví. El muchacho, contra la puerta ahora y con el rabo gigante en una exacta horizontal, cantaba, daba un sentimental e inspirado discurso o rezaba, no sé, conjugando palabras que sonaban como una melodía, sílabas imposibles, que no tenían idea de otro significado que no fuera ese, el de la invocación, el del anti-lenguaje, el de la música. El gran falo llegaba a los labios torcidos del pujante, que no lo había advertido, que no miraba nada, chasqueaba solamente con la lengua y entornaba los ojos en el éxtasis del puro pujo, como si se le hubieran vuelto hacia dentro, mirando un recorrido inexorable, aunque lento, lentísimo. Pero el pene implacable, parece que inspirado más ahora por el rezo litúrgico o por el pujo no menos litúrgico, creció un tramito más, el suficiente para rozar la lengua torcida que, como de un ahorcado, colgaba de la boca que se abría ahora otra vez para pujar, de nuevo nada más para pujar, para eso, buscando que lo muerto le saliera del cuerpo, y sin embargo nada, nada podría decir, nada diría que no era también para tragar, para chupar también, para aceptar lo vivo, que venía de afuera y que rozaba las papilas del gusto y el olfato. Y nadie, como he dicho, ninguno que lo viera como yo (que ahora estaba constreñido al espacio que dejaban la gran pinga y el capi y el lavabo, y sin poder moverme; arrinconado con los brazos en alto y comprimido con la pared) podría decir que el capi no chupaba desesperadamente aquel inmenso trozo de carne sonrosada, como si se sintiera obligado a no dejar pasar esa oportunidad, con los ojos perdidos en el vacío, sorbiendo de ese tramo de vida.

Los golpes de esta vez eran mucho más rítmicos, la puerta temblequeaba en las espaldas del muchacho rezando. Pude pensar que fueran los indignados padres del muchacho, porque también las voces, aunque muy entremezcladas y confusas, eran de franca furia; los padres del muchacho, los que estaban con él, cuando yo (pero no eran los padres, tendrían que ser un viejo y una vieja en todo caso, y eran, yo había mirado bien, las personas que estaban comiendo con el niño, eran dos viejas) No había defensa para las viejas indefensas, y el hombre de la mesa tras la mía, habría saltado abriendo bien el pecho, habría corrido al baño arengando a los otros, pues ya eran demasiados los golpes y las voces. Pero serían las viejas, sería la camarera equilibrista, sería la mujer sabia, su heroico marido, la muchacha tan servicial, el hombre que quería más cerveza, la gente abandonando, por un llamado cívico como ese, la tarea de la recolección y envasado de restos, los que... nada. Vino el silencio. El obligado silencio, que preludia cualquier desastre, vino. Cuando llegó el silencio ya no pude pensar y traté, como pude, primero de enjuagarme las manos gota a gota en el lavabo y luego de empezar a arrastrarme por los pequeños tramos del espacio, a reptar casi ya, como quien dice, con cuidado de no manchar mi traje con el orine, el semen y los papeles sucios, hacia la puerta. Abrí. Al fin, respiré. En la cola del baño, ante la puerta abierta, la gente se arañaba y discutía, sin siquiera notarme, demasiado empeñados en saber quién marcó, quién había perdido su derecho, quién era el uno, y quién quería colarse.

    La mujer sabia hacía una exhortación disciplinaria poniendo por delante a su marido, el acaparador de cerveza, apoyado en el hombro de las viejas gemelas que ni sentían su peso y discutían, reclamaba el derecho que le daba su antigüedad de cliente. Cuando yo me senté, no había pagado, y no pensaba irme y dejar el café.

Vuelta en Redondo

Tenía hambre, pero como me puse a comerme las uñas (luego de arrancármelas pacientemente), ahora estaba estragado. Lo único que quería en ese momento era un poco de distracción, por eso me viré los ojos y me puse a mirar, por los senos frontales, el paisaje de la masa encefálica, los miles y millones de venitas y ramificaciones de venitas que llevan sensaciones al cerebro...en fin, que me aburrí. Y como todavía no me habían hecho digestión las uñas, me propuse bajarlas paseando: le di vueltas al tronco y las dos piernas hasta que me cansé. Recliné sobre mi hombro mi cabeza, y allí soñé que estaba contándome las cosas que me pasaban dentro, y que me contestaba con lo que me pasaba por fuera, mi epidermis se puso a discutir con mi esqueleto hasta que armaron una bronca enorme, y ese ruido me despertó. Pensé que ya era hora de que me preocupara por el amor: mis piernas se acercaron con un ímpetu irresistible, se trenzaron y dieron tirones para un lado y para otro más que excitadas, todo lo que era par en mí se unió gimiendo, sonriéndose, besándose, hasta que eyaculé. Tranquilizado ya, por esa parte, mi inquietud creadora se empezó a despertar, puse la boca, los oídos, la vista y el olfato fuera de mí y entonces les hice gracias, muecas, contorsiones de todo tipo..., entonces les mostré la angustia que hace tiempo (cuando buscaba fuera de mí las cosas) sentí; entonces les soñé (haciendo un gran esfuerzo) los sueños que una vez..., pero eran imágenes ya frías, desprendidas del sueño que las soñó. Y cuando vi que ni siquiera podía crear (pujando gracias o llorando, haciéndome un verdadero "show" de símbolos decrépitos), empecé a odiar, sentí que estaba odiando más que nunca, y ese odio me empujó a desear la destrucción del mundo: por eso decidí matarme, no quería ni comerme los brazos (lo que en otro momento me hubiese resultado apetecible), ni entrar dentro de mí buscando diversión, ni desearme (pierna con pierna, oreja con oreja, ojo con ojo), ni crear en esta desgastada maquinaria de imágenes, sino matar, matar, matarme, porque me odiaba; entonces me coloqué en el centro de una avenida bastante transitada para hacerlo, pues como no tenía ya nada adentro eran los otros los que debían llevarlo a su fin, pues todo lo que tuve una vez como mío estaba fuera, y todo, estando fuera, estaba en ellos. Y aquí espero. Aunque pasan vehículos con suficiente rapidez y fuerza para acabarme, siempre me esquivan y no lo hacen. Hay algunos que se burlan de mí (o sea, de ellos) sacando la cabeza y la lengua por ventanillas, gritan insultándome (insultándose) o me tiran (se tiran) papeles estrujados, toda clase de prendas o de objetos o se hacen los que van a suicidarse frenando a dos centímetros del cuerpo, o no miran ni ven, yendo indolentemente para arriba de aquello, lo que hace que no lo acierten nunca. Y aquello (yo, él) espera a que nosotros lo liquidemos, pasemos por encima de lo que queda de él (de mí, de ellos) acabando nosotros con lo que aún hay de nuestro, pero es que en realidad no queda nada, nuestros vehículos marchan sin obstáculo alguno en su camino.

La Oreja y el Oído

"Que todos oyen cuando nadie escucha"
José Martí

La oreja y el oído, amigos como hermanos y uno solo en los primeros tiempos de los tiempos, sintieron un extraño escalofrío, un sentimiento de hastío repentino, de helada soledad, que les instaba a separarse. "Y nunca podría eso suceder", se decía cada uno a sí mismo en silencio, pues eran muchas las aventuras que corrieron juntos: juergas, velorios y momentos de sensaciones mutuas donde por las palabras se adentraron en la esencia de todo lo creado, donde eran las palabras una espesa miel que los dos sorbían al unísono, o un agua refrescante para los dos, o acíbar entre ellos compartido para que tocara a menos y pudiera el hombre, portador de los dos atributos como uno, convertirlo en materia fecundante para sus actos, así como se alimenta la tierra de excremento. Así que no podrían tomar cada uno su rumbo, porque da pena el distanciarse de algo que ha sido día tras día un miembro propio, algo sin lo cual no se iba a ser en lo adelante el mismo. Por lo tanto, siguieron rumbeando y llorando juntos, pero cada uno de ellos sentía que su risa ya no era su risa, que el arma de las palabras duras haría a uno y a otro de muy distinto modo; por ejemplo, a la oreja la hería en la cabeza, mientras que la lanzada iba directo al corazón del oído. Y la oreja esperaba, remolona y aviesa, tendida en su espiral, a que el oído dijese primero que ella lo que sentía. Cuando éste le confiaba, ya con cierto temor de su confianza, lo que había gozado o padecido, la oreja le decía que lo mismo había sentido ella (ambos sin creerse), tanto así, que el oído empezó por guardar un oscuro mutismo que hacía a la oreja hablar, hablar y contestarse con sus propias preguntas. Sin el auxilio del oído, ahora las palabras rodaban por la oreja, chocaban con los muros del pabellón, giraban siguiendo la espiral de Falopio y llegaban muy sucias y maltrechas a aquél, que aunque recibía con esmerados mimos y sinceras sonrisas a sus huéspedes, no las podía entender, ya que eran ecos o sonidos tartamudeantes o susurros agónicos o locos discursos de incoherencia, o hablaban otro idioma, que el oído, aún atendiendo cuidadosamente a la cadencia con que se pronunciaban, no las sacaba en claro. Por eso, al llegar el momento de abrírseles la puerta a la garganta, después de su tío-vivo por el cerebro y vueltas ya respuestas, las palabras retrocedían, o salían gateando, o bien tumbeaban por el laberinto torpemente, o se hacían las sabihondas con un aire de inteligencia que no pasaba de aire, o tenían que andar con gran cuidado calculando sus pasos, o se aliaban de dos en dos, cada una con su contraria de opinión, lo cual las hacía más fuertes pues contaba cada una con la sapiencia de su acompañante, y prometían lo mismo que negaban implacables. Ante esto no podría haber réplicas. Así es que aunque al principio los dos tenían la misma función, desde ese momento en lo adelante, sólo el oído oía, mientras la oreja escuchaba solamente.

El Pintor de los Vicios del Imperio

Habiendo sido acusado el pintor Ta-O-Chi de rebeldía y traición contra el Emperador por mostrar en sus cuadros ciertos vicios (inexistentes, por lo tanto infundios) en los dominios de éste, de pintar en paisajes de apariencia real (y tan real que aquel que los mirase creería en ellos) la decadencia y corrupción vigentes en la corte, "método más que vil —seguía el comunicado, ahora en sus manos— de trastornar los hechos, de sembrar en los hechos la semilla de destrucción que puede germinar al enunciarlos", esperaba a la puerta de su cabaña, admirando el esplendor radiante del jardín, la ejecución de su destino, cuando se le ocurrió aquella idea: un marco de bambú bastante grande, mandado a construir a su sirviente, bastaría a sus fines. Al modo occidental, lo colocó en un caballete al frente del jardín y, al sentir el estrépito de los caballos de la corte, tomó un pincel e imitó que pintaba trazo a trazo las formas ya existentes en la Naturaleza. Al llegar, los soldados le informaron que habían sido ordenados: primero a destruir toda su obra, y luego a ejecutarlo.

—Parte de la tarea ha sido ya cumplida —dijo Ta-O-Chi con su sonrisa inmóvil. — Yo mismo he destruido mi obra anterior. Lo hice porque nada era ya comparable con la última, ésta que ustedes ven, a la que acabo de dar su último toque.

Los soldados miraron sin entender al marco vacío, respetuosos aún, sin tener por qué, del genio de aquel hombre; temerosos de un engaño, dispuestos a interpretar malsana cualquier duda que en sí mismos naciese, desviando la mirada para no hallar motivo que pudiese distraerles del mandato oficial; en silencio, de modo que el hábil condenado no tuviese frases de donde asirse, gritando insultos de manera incongruente, esperando, muy alzadas las cabezas que habían pelado al rape, un grito de perdón que estimulase en ellos su desprecio hacia él; sonriendo con cinismo, borradas de sus rostros las facciones que he descrito, mirándose entre sí, luego al supuesto cuadro, luego al hombre que nunca dejaba su sonrisa, y pensando quizás la fastidiosa tarea que les representaba —a ellos, agentes de la seguridad del Gran Imperio, dispuestos a batirse con feroces y reales enemigos —enfrentarse a cumplir su cívico deber con aquel pobre loco.

—En ésta, mi última obra, —había proseguido Ta-O-Chi— es donde más denuncio iniquidades, a las que, por supuesto...

—¿Pretendes —le interrumpió con estudiado sarcasmo un oficial ventrudo y rosado, recubierto con un manto de pelos (al parecer el jefe)— que creamos que ésto que nos enseñas es un cuadro?

—No quiero —dijo Ta-O-Chi en una reverencia— influir en sus criterios. Que es demasiado real para ser cierto, es argumento que me llena de orgullo. Y miró, obligando a todos a seguirle, hacia el paisaje irreal que subrayaba el marco de bambú.

—¡Es la naturaleza! —susurró un soldado.

—No quiero desmentir con esto, y tú lo sabes, (alzó el otro los hombros y las manos) los designios de nuestro Emperador, pero, aquí entre nosotros, ¿qué ves ahí que ataque su dignidad real? No me lo explico.

El pintor, que alcanzó a escuchar al segundo de los soldados, dijo: —Oh, el Sublime sabe por qué lo hice. Hay mil detalles que demuestran lo justo de tal acusación. Acérquense y revisen cuanto quieran antes de destruirlo, pues es cierto que sólo un miserable destruye por mandato lo que no ha comprendido. Y tanto se acercaron los soldados al marco que sintieron el delicado olor de las rosas de té del jardín del pintor y vieron mariposas de espléndida belleza revoloteando.

—La ilusión, como ven, es perfecta —les dijo Ta-O-Chi con tono de fatuidad.

—La sensación de movimiento, igual a la del cambio de colores a medida que el día va transcurriendo, es producida en ti (se dirigía a cada soldado absorto y mudo haciéndole sentir el único aludido) precisamente por ese sentimiento que despierta, sin tú quererlo, mi arte. Por eso no ha venido a verlo con sus ojos el propio Emperador. Ha preferido que se lo contasen. Sabía que si venía no lo iba a resistir. Mediante su real admiración se podría el Sublime convertir en mi amigo: lo que, es de suponer, transformaría de plano la política de este imperio.

—¡Ya basta! —le gritó el gordo del mantón de pelos, que se había mantenido a prudencial distancia de Ta-O-Chi y de "su cuadro".

—No te consentiremos que, encima de pintar hechicerías, hables mal del gobierno. —Y, arengando a los otros, les gritó: ¡Vamos ya! ¡A la carga! ¡Destruyamos el cuadro!

—Un momento... —chilló con suavidad uno muy joven, señalando hacia dentro con un dedo tembloroso. Por sus mejillas demasiado blancas resbalaban dos lágrimas que hacían surcos rojizos.

Dentro, sobre las ramas de un cercano cerezo, se veían varios nidos. De uno de ellos surgían, como flores abiertas, cuatro bocas reclamando alimento. La madre, por no romper el frágil nido, mantenía su vuelo mientras introducía lombrices y pequeños insectos en las fauces de sus hijos: un hecho natural, simple, de todos los días y de cualquier momento en cualquier día; pero visto en el cuadro, o sea: a través del cuadro, tenía una seducción, una ternura, dolorosa y feliz al mismo tiempo. Todos ahora miraban conmovidos, sin atreverse a dar un solo paso, pálidos. El silencio se iba llenando de suspiros, quejas, voces tímidas, voces de franco desacuerdo, gritos de negativa:

—No podemos hacerlo. Dentro del cuadro no hay nada que ataque a nuestro Emperador, este paisaje no puede ser dañino en modo alguno para el Imperio.

(Ahora era el gordo de los pelos el que no se movía, detenido por su propio silencio.)

—¡Cordura! —exclamó Ta-O-Chi. —Si el Sublime ha ordenado destruir esta obra, por algo es. Habría que verla bien. Si observaran profunda y detalladamente mi cuadro, notarían (esto no me amedrenta decíroslo, pues sé que moriré y moriré conforme, manteniendo mi idea) notarían, repito, si ven profundamente, la despiadada crítica que hago en él de los sucios manejos de este régimen.

—¡Vamos! —prosiguió el jefe, continuando el movimiento antes iniciado, como si no se hubiese interrumpido su orden. Y, dando un salto, penetró en el cuadro seguido por su ejército, haciendo que imitasen el violento movimiento en círculo de su espada, segando flores, destruyendo nidos, atacando a los árboles y a todo lo que a su paso hallaban, del jardín del pintor. Si alguno de repente se detenía, la espada desmayada en una mano, mirando con pavor la obra de destrucción que estaba cometiendo, el pintor le gritaba dándole ánimo:

—Hay que seguir buscando, lo que odias de mí puede estar en cualquier parte.— (Y les gritaba a todos:) –¡Profundicen!– Y ellos seguían entonces: atacando las cercanas colinas, el agua azul del río.

—Profundicen!— Y la horda enloquecida buscaba más, buscaba, arrasaba con todo, sin hallar...

—¡Profundicen!

Y se fue ampliando su radio de su acción. Recorriendo de nuevo el camino emprendido para llegar a casa de Ta-O-Chi, encontraron terribles injusticias en las que nunca habrían reparado y así, considerándolas como obra de la crítica del perverso pintor, arremetieron contra cada señor feudal que maltrataba a sus siervos, contra cada capataz rencoroso que hacía sentir el odio por sus amos a las espaldas de los que estuviesen a su mando, y contra cada juez vendido por dinero, por miedo, o por frustradas apetencias, y contra cada delator que al serlo protegía su propia transgresión, y contra todo aquel que disfrazaba de desinteresado amor su odio, y contra cada cosa, en fin, que descubriesen y que representase, para ellos, no verdaderos hechos, sino la mentirosa versión que Ta-O-Chi daba, criticando los hechos.

Y así llegaron a la corte, donde vieron hasta que punto podía llegar la insidia del artista, que había pintado como prostitutas de la peor calaña a las más graves damas, como viciosos empedernidos a los más impolutos señores de la corte, como crueles hipócritas a los más grandes ministros y, sumido en el vórtice de mentiras y sucios clandestinajes, (mientras le daba a todos la visión de un padre ideal, o un santo) a aquel fantoche que Ta-O-Chi pintase como burla del gran Emperador, del inmenso Sublime. Por supuesto que todas estas falsas figuras fueron pulverizadas, y con ellas el falso palacio, con sus falsos jardines, y todo el falso régimen pintado.

Al regresar y atravesar de nuevo el marco, los soldados supervivientes vieron a Ta-O-Chi de rodillas en larga y silenciosa espera, con su sonrisa extática, ahora quizá más dulce, que alzaba a ellos sus ojos ofreciendo su cuello, para que se cumpliera hasta el final la sentencia dictada.

Ser Escritor

Oigan, ¿saben lo que pienso? Que ser escritor es mucho más riesgoso de lo que nadie puede suponer. Es más; que es el riesgo total. Uno está siempre en la mira. Quieras que no, se te descubre todo lo que ocultes...o se te descubrirá algún día.
Eso es lo que yo pienso. Y que ser escritor te expone al juicio de los demás. (Lo bueno es que no se van a vender tantos libros como para que se entere todo el mundo). (Pero unos cuantos sí). Y ¿saben lo que pienso? Que este asunto de ser escritor es muy bueno, pero también muy malo. Por todo lo que he dicho y además porque ser escritor te hace escribir. Es decir que de alguna manera eres como un caballo espoleado por los lectores.
Yo creo que ser escritor no es nada bueno. Uno debería dedicarse a otra cosa. Te podrías dedicar, por ejemplo, a cantar. Sólo a cantar. Y que sean las canciones de otro, por supuesto, porque si son tuyas, las letras te pondrán en la picota pública. Claro, habrá muchos que te quieran: tus hermanas, tus primos, tus tías, tus amigos. Y además tus fanáticos. Pero habrá siempre quien te odie. ¿Sabes lo malo que es que haya alguien que te odie?
No. Ser escritor, aunque es una gracia, no es ninguna gracia. Por otra parte, corres un peligro aún peor: el de ser ignorado.
No y no. Yo quiero mejor ser... Yo podría mejor pintar retratos. Aunque no. Pintar retratos es otra manera de retratarse uno mismo. Otro modo de exponerse. Por lo general, la gente lo que quiere es una foto de ellos mismos. Y mejor todavía si es una foto de hace algunos años. Pero aunque pintes niños o paisajes todo es un autorretrato, y ahí está Vincent Van Gogh para corroborarlo. Y

por si fuera poco, también le publicaron las cartas a su hermano, lo que le hizo escritor sin proponérselo.

Aunque... ¿sabes lo que pienso? que cuando uno no lo hace a propósito, no es tanto un pecado ser escritor. Pero que en cuanto haya sólo una línea, una liniecita nada más donde digas algo chueco, siempre vas a dar a un lugar no muy bueno: a la cárcel, o al hueco donde (si se trata de que eres un escritor sensible) te echarán los que no te amen. Y eso es el infierno. Y tú eres muy sensible. Si no, no podrías ser un escritor.

¿Sabes lo que te digo? Que mientras haya una sola liniecita donde no seas tú mismo el que la escribe, sino una máscara cualquiera, nada bueno saldrá de ahí. Pero mientras tú no seas capaz de decir lo que no sientes, todo te va a ir bien. Pero... Y si dices lo que sientes, ¿qué pasará entonces? Bueno, eso depende también de donde estés. Si estás allá y no aquí, te costará lo que te costó. Pero tal vez, aunque en otro sentido, aún un poco más, porque se trata (ya lo he dicho) de decir exactamente lo que uno siente. Porque hablar en ironía, todo el tiempo en ironía, a manera de fábula o con doble sentido, ya no te va a servir (como no te sirvió tampoco entonces) para mucho. ¿Sabes lo que yo creo? Que te deberías dejar ir, absolutamente ir, y que entonces lo que hagas tendrá un sentido.

¿Sabes lo que creo? Que ser escritor se las trae, verdaderamente se las trae. Pero sabe que si eres escritor, tus rencores no te conducirán a ningún sitio, sino sólo tu amor. ¿Pero tú sabes lo que yo pienso?, que si no eres escritor, te pasará lo mismo.

Las Leyes del Espejo

Muerto el rey, la costumbre palaciega exigía que se cubrieran todos los espejos con velos negros. Todos, en su exacta acepción, ya que sabemos que el rey en vida había convertido hasta la última choza de aquel reino en parte del palacio. Las lejanas estancias, aún las más recónditas, aquellas habitadas por campesinos ignorados y a su vez ignorantes de la existencia del rey, se habían transformado en jardines reales, y dichos campesinos en cortesanos, puesto que el rey creía un deber no dejar a nadie fuera de palacio. A eso debía su fama, y esa parte del mundo era llamada, ya no nación, ni país, sino palacio: "el palacio de todos". Por lo tanto, dondequiera que hubiese un espejo, aunque fuese un pedazo mal colgado en las tablas carcomidas de la pared, manchado por sucesivas dinastías de moscas hasta no dejar más que un agujero acogiendo reflejos viruelados, éste, ante la desgracia que lloraba toda la corte, debería cubrirse con tupidos velos de luto.

Pasó el tiempo y con él la ley de ser dolientes, pero como nada oficial se había dictaminado a ese respecto, nadie se atrevía a quitar un solo velo. El paternal respeto que infundía el rey en todos con su elocuencia, fue borrándose, al punto que todos empezaron a sentirse hijos, quizás bastardos, en sus pensamientos, lo cual la junta de gobierno quiso atajar enseguida, pues ponía en peligro los principios que daban nombre al reino. Mientras que los concilios se efectuaban, el populacho daba versiones infundadas de lo que sucedía. Se decía que aún el último cortesano, aquel viejo que no sacó jamás las manos de la tierra esperando a meter bajo ella todo el cuerpo, tenía el mismo derecho que el primero (se debían referir al consejero del rey difunto, aquel que no había pisado jamás tierra: de la alfombra en su casa de gobierno a su coche de seis caballos y de éste a su cama, en la que alguna cortesana consciente de su deber estaba esperándole siempre) y por esto, por ser como se había planteado en un principio, los dos iguales en sapiencia y rango (exactamente como los demás cortesanos), no había quien promulgase ley alguna al no haber uno solo a quien someter a ella.

Pero pronto el consejo reinante le puso coto a tales pensamientos, llegando a la difícil convicción que todos deberían adoptar de que el rey aún vivía, laborando en silencio los planes del presente en un futuro, no pasado, pero ahí, detrás de los oscuros velos de cada espejo. Sin embargo, aquí hubo quien, por la más humana debilidad, sintió curiosidad de ver al rey y levantó una punta del velo ante su espejo. Enseguida se puso a correr como un loco, diciendo que la cara del rey mostraba asombro, intriga e inquietud y hasta un poco de miedo, que eran sentimientos nada regios por cierto. Se denunció a sí mismo, y al momento se puso a la disposición de un tribunal que él mismo presidía, llevándose a empujones y auto-insultos a encarcelarse dentro de sus propios podridos pensamientos, y condenándose a ser disminuido a la más denigrante condición: la de ciudadano.

No fue el único caso, por lo cual hubo necesidad de reducir la corte y el alcance de los regios jardines, empequeñeciendo el palacio a lo que era antes del rey difunto y dividiendo otra vez el reinado, como antes, en cortesanos, palaciegos y simples ciudadanos. Hubo que colocar un guardia en cada espejo armado hasta los dientes, para que vigilase por si había reincidencias.

A estas alturas, si es que alguien aún sustentaba dudas, lo que al dictarse fuera una superstición oficial, se había hecho realidad concluyente ante el terror de los que alzaron los primeros velos. La división del reino, aunque obvia, era teórica, pues en esencia todo seguía siendo "el palacio del pueblo", más cuando se sabía, que aún detrás del espejo más modesto, infatigablemente y en los mismos principios que le inspiraron la unidad total, seguía el rey difunto laborando.

Y transcurrieron años de la muerte del monarca y murieron los ancianos y sólo quedaban los que nunca habían visto un espejo. Los niños de entonces ya eran padres de adolescentes que sabían de oídas las propiedades lógicas que tienen los espejos, y que querían mirarse por la coquetería implícita en su edad, o con el exclusivo fin de decidir sobre su propia estampa, pues la versión que daban los demás de sus facciones no los contentaba. Por eso aprovechaban el momento del cambio de turno de los guardias, o cuando éstos tenían que comer, o hacer cualquier necesidad, para mirarse al espejo.

Los altavoces de la corte seguían dando versiones de los actos del rey tras los espejos. Anunciaban las nuevas leyes que aquél creaba para el bien popular, y aún dictaminaban las correspondientes penas por el delito de querer verlo, ya que representaba una falta de confianza y de creencia en su inmortalidad y, además de lo dicho, constituía un vicioso lastre de aquel pasado en donde los reyes eran sólo reyes, los cortesanos sólo cortesanos, los ciudadanos, ciudadanos, y donde se perseguía la idea de la verdad, que ahora se difundía por todos los medios de comunicación sin miedo a divulgarla.

En cuanto a lo otro, la creencia de que el espejo sólo reflejaba la imagen de quien se mira en él, no era más que una historieta insana creada por cobardes enemigos, oscurantismo del peor, un mito para hacer que la gente, sobretodo los jóvenes, pensara nada más que en sí misma. Por lo tanto, el castigo por descubrirlos iba a ser implacable. Pero como no había nada ya que levantar, pues hay que reconocer que la tela estaba apolillada y carcomida por mal intencionados insectos, de espaldas se pondrían los espejos. Así, puesto de cara a la pared, un espejo dejaba de ser tal, aunque la gente, por el instinto aquel de verse, en una acción mecánica de siglos, mirara, por supuesto sin ver más que una superficie sin reflejo.

Unos, enloquecidos por la incertidumbre de reconocerse, imaginaban verse y se peinaban largo rato, fingiendo que se arreglaban tal o más cual greña o se sacaban feas espinillas.

Otros, con su imaginación puesta al servicio del palacio del pueblo, conversaban con el rey, le pedían favores personales, le brindaban informes, y aún llegaban a invitarle a pasar del espejo a su casa. Algunos no veían nada, lo que, como es de suponer, se tenía por la más contumaz de las demencias. Pero todos, al final, se aburrieron de todas estas tontas conjeturas, y por los más diversos caminos, convergieron en la opinión común de que sus cuerpos, los verdaderos cuerpos de seres vivientes que hasta el momento habían creído ser, experimentaban seguramente una fiesta de amor y de alegría detrás de los espejos, donde nunca nadie se miraría más en ellos, ¿para qué? Ellos serían, por tanto, olvidadas imágenes ya inútiles para sus dueños. Sólo imágenes, prestas a cumplir leyes vacuas, pues al serlo no había reales leyes que seguir, y todo, lo anteriormente dicho, todo aquello por lo que habían sufrido condenándose, era solamente el infierno que le estaría reservado a su sustancia de vulgares efectos.

El Escritor y la Muerte

Me había hecho muy amigo de la muerte. Un día, muy temprano, me llamó por teléfono: quería, ansiosamente, leerme no sé qué cuento que había escrito. Yo contesté de mal humor, casi no había dormido, no estaba para cosas de la literatura. "Es muy corto".—insistió.
"Quiero dormir" —le dije, y le colgué.

Me tenía fastidiado, hacía algún tiempo que no tenía otro tema, ningún otro motivo tenía ya su amistad que atormentarme con su delirio de escritor. Volví a la cama, y cuando me fui a acostar noté que ya lo estaba, y que dormía gruñendo, en el delirio de los sueños febriles. "Soy mi sueño" —pensé, y corrí al teléfono a llamar a la muerte para contarle tan hermoso tema. Me contestó de mal humor, casi no había dormido, no estaba para cosas de la vida.
"Es muy breve" —insistí.
"Quiero dormir" —me dijo, y me colgó.

La Alimaña

Vio entonces la alimaña, la despreciable y hórrida alimaña con la que había tenido pesadillas; a la que había temido tanto antes de verla que ahora le parecía una indefensa sabandija. Pero el recuerdo de aquel odio le hizo atizar su odio. Rememoró con cuidadosa saña todo el miedo sufrido, antes de que la viese posadita ante sus propios ojos. Cogió una porra enorme y la aplastó. Y entonces quiso ver el cadáver de la que antes... Pero ahora la alimaña, la espantosa alimaña, se había desintegrado, o desaparecido; era el caso que de ella nada quedaba allí. Registró bien la porra, la habitación. Estuvo horas, semanas, meses buscando rastros del cadáver, y nada. No era posible. Ya se le había acabado todo el odio, lo que le daba la certeza de la muerte de aquella que le hiciera sufrir en el pasado. Pero entonces temió, no con temor de sueños ni de premoniciones, sino con el real de haberla conocido, (y sin la protección que de un modo u otro le ofrecía su odio) no a la existencia, sino a la inexistencia de la hórrida alimaña.

Máscaras

Esta fiesta de máscaras va a ser más divertida que ninguna, porque no será igual: las máscaras serán de un material transparente. Eso hará que veamos los verdaderos rostros de los que se las ponen; sin embargo, sabiendo que tienen puestas máscaras, deberemos actuar como si no se vieran a través, asignándole a cada cual el rol que aquél prefiera. Por ejemplo, Fulano querría ser un león: vamos a complacerle considerando cada movimiento, cada gesto en su cara de abotagado clown sin maquillaje, como el correspondiente a la fiereza que da la estampa de un león. Mengano quiere ser un perro San Bernardo, o, pongamos por caso, una paloma, pues nos haremos, según uno u otro, el perdido en la nieve o nos pondremos a arrullarle, aunque veamos debajo su agresivo semblante a punto de mordernos.

La fiesta va a quedar que ni mandada a hacer si respetamos estas sencillas reglas.

Si vemos que Zutano pone cara de asco al mencionársele determinado asunto, nunca actuemos conforme a ese criterio sin consultar primero el catálogo explícito colocado en la puerta, en donde, numeradas, las máscaras revelan su porqué, según convenga al ritmo de la fiesta. Ver a través de ellas no debe intimidarnos, desviándonos del sentido de jolgorio legal en el que se celebra: todo el que se coloque la máscara precisa, será bien recibido.

La transparencia es sólo la graciosa invención de un siglo en que buscamos cada vez nuevas formas. Atended sólo al número pintado en medio de la frente; lo de abajo: las muecas, las lágrimas o risas es lo convencional, lo de siempre, olvidémoslo. El hecho de tener puesta la máscara da sentido a la fiesta.

Vigilemos sólo a los que pretendan engañarnos diciendo, con el rostro al descubierto, que ya la tienen puesta.

Insultos

Insultos I

El rubio acusa al pelirrojo de pelirrojo. Expectación. El pelirrojo debe defenderse pues la ley es ser rubio. El rubio grita exaltadísimo su insulto: ¡pelirrojo! El pelirrojo calla; le quiere gritar: ¡rubio!, pero éste no es insulto, sino elogio. Y le grita: ¡trigueño!, a ver si es un insulto y por lo menos creen que se está defendiendo. Entonces todos los trigueños, que están de expectadores, se le lanzan al cuello al pelirrojo.

Insultos II

El pelirrojo es acusado por el pelirrojo de pelirrojo. Expectación. El pelirrojo debe defenderse, pues la ley es ser rubio. El pelirrojo grita su insulto: ¡pelirrojo! El primer pelirrojo quiere gritarle al otro lo mismo, pero calla. Si lo hace, será reconocer como tal el insulto, y él (a pesar del tono de pedrada en que el otro lo lanza) no cree que lo sea. Entonces, se le ocurre decirle al otro: "¡rubio!", sea o no sea un insulto. Expectación. Ocurre lo inesperado. Todos los rubios, que tenían al pelirrojo acusador como uno de los suyos, lo miran con asombro que se vuelve poco a poco desprecio.

Insultos III

El moreno se ha teñido el pelo, e induce a sus amigos (también fuera de la ley) a que imiten: esa "única manera de salvarse". Los trigueños se ponen del lado de los rubios teñidos, gritando, brazo a brazo con ellos las consignas que piden radical exterminio moreno (nadie puede acusarlos, pues, aunque no sean rubios ellos mismos, son incondicionales a la ley). Uno, mortificado por el disfraz de aquéllos "que solamente quieren ocultar su delito", señala las raíces negras brotando bajo esas blondas melenas, pide justicia contra los farsantes que repiten consignas que "de no existir agua oxigenada, se les iban a volver en contra suya", y aprovecha (de paso) para señalar el gran desinterés que mueve a los trigueños que, como él, defienden la ley rubia, aún sin serlo. Mas le salen al paso los morenos "albinos", teñidos totalmente de rubio (cejas, pubis, pestañas, pecho, axilas) con el grito de alarma: "¡Intolerable trabajar y cantar con los trigueños!". Firmado: "Adoradores de lo rubio". Los trigueños tienen las de perder, se ve. Pero en las Asambleas donde es considerado su caso se defienden "como gato boca-arriba", alegando que "trigueño proviene de trigo y nada más dorado que esta planta gramínea, más aún, cuando el sol"...(Poesía que hace llorar de orgullo a los reales rubios y de impotencia a los rubios teñidos). Los morenos que quedan como tales (por dignidad), negándose a teñirse, no participan y se ponen gorras que caen en cascada hasta sus cuellos.

Apariencias

Apariencias I

El pelirrojo es acusado de serlo. Grave escándalo. Todos los pelirrojos, tiritando de miedo, se avestruzan dentro de un tanque de petróleo, por lo que sus cabezas son de pronto negras banderas de cabellos negros. El primer pelirrojo, atropellado por la estampida, no pudo ni siquiera hacer por asomarse al tanque ahora vaciado, y trata con los dedos de juntar unas gotas que no alcanzan ni para sus patillas. Los otros, ya teñida la paz de sus espíritus, alzan los hombros desde donde miran al encadenado (y ahora único) pelirrojo. "Realmente —se dicen entre sí— tenían razón aquellos que lo negaron y lo rechazaron. Es un feo espectáculo". Y bailan una polka indígena muy hermosa. Este baile brinda fuertes contrastes: por una parte, bajan y suben las cabezas de los expelirrojos en constante marea afirmativa; por la otra se ven las de los jueces, donde hacen equilibrios misteriosos y muy encubridores sombreros de amplias alas.

Al centro del salón, y en un alarde de originalidad, danza el acusador...con los cabellos de azafrán al viento.

Apariencias II

Todos los pelirrojos, perseguidos por serlo, llegan jadeantes al borde de la isla. (Se acercan ya los rubios, trigueños y morenos guiados por sus perros de presa, ya teñidos del color de sus dueños). Ante el océano de agua oxigenada, los pelirrojos dudan, pero algunos se lanzan, resultando que a las tantas brazadas multiplicadas por rayos de sol, se han convertido en rubios. Mientras tanto, otros, menos temerarios, han continuado huyendo por la costa de pantanos, logrando despistar a sus perseguidores al hundir las cabezas hasta los pensamientos, conteniendo la ya muy exigua respiración, y procurando, una vez con los pies sobre terreno firme, lavarse cuidadosamente el cuerpo y dejar así el pelo, por lo que ahora son morenos como el fango. Los repentinos rubios, comprendiendo, unos que no era necesario continuar, desteñida la causa de la persecución, y sin orilla visible que no fuese la abandonada, vuelven. Otros, de la alegría de ser lo que soñaron desde siempre, se hunden alegremente, llenos del rubio líquido los infaustos pulmones... Algunos (los menos), continúan nadando mar adentro: bien hacia un espejismo en donde son los amos los pelirrojos, bien porque (y son aún menos, ya no más que un puñado de locos) consideran que nadar para siempre hacia ningún lugar es la única esperanza de dignidad humana.

Entre tanto, otro grupo que quedaba en la orilla, decidió esconderse entre las rocas, por lo que, con sus rezos fervorosos, en su honda fe de desaparecer a los ojos del mundo (es decir, de sus amos), se volvieron tan pardos y duros como aquellas (sublime mimetismo).

Llegados a este punto, los antiguos perseguidos se reúnen y, a la vista de sus perseguidores, celebran un "picnic" vengativo, y vengativamente los invitan, les ofrecen bebidas y dulces vengativos y les hacen bailar sus vengativos valses infinitos. Los vigilan con ojos, con bocas y con uñas, pues el tinte de aquellos (los antiguos perseguidores) es menos fresco y, por tanto, caerá, caerá algún día. Ya se ven raíces rojas bajo las blondas, negras, trigueñas cabelleras.

Letras y Colores

Ciclo

Lo negro ríe. Hubo un tiempo en que las cosas se diferenciaban por colores; ahora es de noche, es lo negro. Todos están fundidos en él: la altivez de lo rojo, la lúcida inquietud de lo amarillo, la confiada confianza de lo azul, ahora no tienen nombre, ni signo, ni carácter, son una sola cosa: lo negro, que se ríe frente a lo blanco. Lo blanco inventa manos pedigüeñas, ensaya el primer llanto, quiere ser, no ha nacido. Lo negro (de repente viejo) ríe, como si aún fuese todo lo que ha sido. Quiebra un rayo lo blanco, refractándolo. Nacen amores, guerras, pasiones y locuras. Comienzan los colores. Lo negro calla al fin, comprende que su rol es ser enigma.

Letras

Bajo su piel desnuda, **A** viste de etiqueta, así como **B** lleva un traje largo de lamé dorado. Mientras que abre y cierra las piernas, en cueros, con indiscriminado reclamo, **C** arrastra por oscuros pasillos entre sueños, su asfixiante vestido de luto riguroso. **D** tapa con horror el revés de sus poros con la sotana, mientras se revuelca entre sábanas húmedas con **E**, la cual disfraza de grandes tetas de pezones negros, nalgas exhorbitantes y selvático sexo, su batica con lazos de principios de siglo. **F** capitanea entre carcajadas la cadeneta donde participan **G, H, I, J, K, M, N,** y **L**; con música de conga, dan cintura al de atrás y al de alante, y, sólo en apariencia por supuesto, vestidos como Adán, porque sus esqueletos se enorgullecen de sus uniformes de rígidos soldados. Todas las otras letras nadan dentro de la piscina de aguardiente como les trajo Dios al mundo, pero con el espíritu enfundado en sus almidonados hábitos de jueces, de médicos, de obreros y de cuánto la humana creación convierte en hábito.

Cuál no sería su felicidad si deseasen y pudiesen arrancarse la piel hasta los huesos para quedarse en sus desnudos verdaderos. Entonces, sólo entonces, podrían formar palabras.

Colores I

A detesta lo verde. Cuando un día en la escuela, y por casualidad (cuando las clases de dibujo) notó que la mezcla de azul con amarillo daba verde, rabió y empezó a odiar también lo azul, pues A (y esto no había manera de evitarlo) era amarillo. Para entonces lo verde, aunque seguía siéndole detestable, no era lo peligroso en sí, sino lo azul, que le podría llevar hacia lo verde.

B, que era verde y que le conocía de un modo superficial, lo trataba con tacto, pues notaba el desprecio que A le tenía en el fondo. Fue entonces que C (azul), muy amigo de B, le pidió a este que se lo presentara. En una recepción que esa noche ofrecía Y, vestido de pies a cabeza de negro, B (el verde) vio la oportunidad de complacer a su amigo el azul.

Todas las letras jugaban juegos de azar en el salón, formando palabras donde sólo faltaba la A, por desgracia. (Sería a veces esencial su participación.) A, disfrazado totalmente de blanco, tomaba traguitos saludando de lejos a la gente. Sabía que si le era presentado C, sería su perdición, se fundiría en lo verde con todo su amarillo escondido.

Y allá a lo lejos vio cómo venían, C del brazo de B, C (el azul) con el brazo extendido y con la mano como el receptáculo de quien la da a estrechar y va a verterse en ella.

A, escondido detrás de su gran vaso de licor transparente, desparramaba aún más el amarillo de su rostro. B, contento, vestido de su propio color, verde como un arbusto, sonrió al brindarle a A la mano de su amigo inevitable, a tal altura de las circunstancias.

Colores II

Los vasos de amarillo están dispuestos para que todos los colores beban. Lo rojo será después naranja; lo azul, verde; los otros tomaran tonos palúdicos.

Nadie quiere beber, pero los vasos están ahí, esperando.

Todos elogian la belleza sublime de los recipientes y se callan en cuanto al contenido: ¿por qué amargar más aún el acto de beberlo? Cuchicheos, sonrisas que se quedan flotando sin posarse en las caras. Se abre una puerta y entra lo amarillo, radiante; nada dice, se sienta y bebe a largos sorbos el líquido que forma con él un todo hermoso, mágico, casi mágico. Aplausos rojos, blancos, y azules.

Colores III

El gris se siente solo. Hace tiempo danzaron para él los colores hasta fundirse en negro incomprensible. Luego el blanco cayó, con su peso de ausencia; y uno y otro: el confuso de tantos sentimientos y el vacío de ellos, se unieron para ser uno solo, enemigo de sí, rico de sueños, pero muerto a todas las posibilidades, capaz en otro tiempo (cuando fue enigma por pelearle adentro tanta revelación sin luz), (o bien cuando admitía como suyo cuanto color vibrase) de entregarse a su orgía de ruidos o al silencio, pero ahora es desierto, quebrantadas sus miles de gargantas, cruzados para siempre sus brazos, opacados sus ojos, arena gris, desierto.

Notas y Noticas

El Hombre del Espejo

El espejo corrió para cazar la imagen del hombre que escapaba, para entregarse a él, por ser su amigo. Pero él no comprendía y seguía huyendo por paisajes sin aguas estancadas, por donde no hay reflejos, huyendo hasta del río que detiene la imagen para hacerla escapar en ilusión constante, sin esfuerzo. El espejo husmeó al hombre, que ahora quería zafarse de su sombra, que se hacía el que no tiene, buscando el mediodía, la perpendicular del sol en su cabeza. Al fin estuvo frente a él, y entonces empezó la pelea del hombre y el espejo. Pero ésta era una lucha tan desigual (deseo por rugido, patada por posible caricia, odio por miedo, que el hombre sucumbió, saltando en mil pedazos de un solo roto espejo.

Apuntes

El niño se compadece de la mariposa que es devorada ante sus ojos por un gorrión. El hombre, lejos de allí, se compadece del gorrión que los niños apedrean. Un sicólogo da una conferencia en contra del maltrato a los niños. Al sicólogo le prohiben dar otras conferencias porque es judío, o negro, homosexual, o blanco, amarillo, o heterosexual, ario, o indio, o porque tiene los ojos del color que le recuerdan un esbirro a su padre. El prohibidor posee una colección de bellas mariposas disecadas: el niño las observa complacido.

Un Pez

Un pez que se alimenta de sí mismo, come dentro de sí. No morderá el anzuelo y, por lo tanto, no va ha ser herido, no va a ser sacado jamás de su elemento. No podrá disfrutar de la lombriz sabrosa que le ofrece el anzuelo del pescador, pero se saciará en su propia carne, que aquél, si pudiese pescarlo, apreciaría. Morirá en sí, mordido por sí mismo. No tiene boca, no podrá morir por su deseo.

Muerte de una Avispa

Después de haber picado al entomólogo, que la estaba estudiando, saciada y moribunda, cayó la avispa a tierra. "Esto era el hombre" —fueron sus póstumas palabras.

El de las Piernas Muertas

El de las piernas muertas te viene a atropellar con su automóvil. No te vale correr con tus robustas y poderosas piernas. El poseedor del automóvil es el de las piernas muertas.

Premonición

Los grandes insectos se aproximan volando. Escúchalos. Recoge, en señal de respeto, tus propias alas.

El inocente se hace merecedor o no de la injusticia según como reciba la condena.

El asco hacia una mosca muerta en su plato, ignora el placer de las otras, que gustaron del manjar sin ponerse en excesivo riesgo.

Si algo no se produce, ese algo no tiene sentido. El esfuerzo de un solo componente es inútil y siempre degenera aunque "triunfe".

Los porqué se interrogan mutuamente. Uno al otro se lanzan un chorro de palabras vacías por respuesta.

Nadie cobra a las moscas en calidad de comensales.

Yo tengo mis fantasmas y con ellos espero.

Teme de los que temen.

No es posible aplaudir con las manos crispadas.

Guardarme para el GRAN MOMENTO, aunque quizá éste no llegue nunca, pero guardarme para él le hace algo más que un fantasma, me sitúa en la línea de su horizonte. El GRAN MOMENTO puede ser la muerte, pero guardarme para él igual que hacerlo para el goce imposible de la vida, será que empiece a ser (yo soy) mi gran MOMENTO, significa tensar el arco de tal forma, que la flecha lanzada no se pierda, pues va a encontrar su blanco, su propio, único blanco.

OTROS CUENTOS BREVES

Nota del editor: Los textos a continuación no son parte de la colección original de *Prosas breves y brevísimas*, pero siendo relatos cortos escritos por Ariza, hemos pensado que incluirlos es una manera de salvarlos.

NONOKI (940 A.C. - ? D.C.)

Que todo se detenga...
Una luciérnaga
está haciendo el milagro.

La luciérnaga ronda
sobre las ruinas.
Ilumina los recuerdos.

Por temor de la noche,
esa luciérnaga
se ha vuelto como ella.

Si ella es sólo su luz
¿Cómo sabremos
si ha muerto la luciérnaga?

La luciérnaga errante
cree que su luz
se ha perdido con ella.

Mañana la luciérnaga
sobre esa rama
será parte de un sueño...

    Ponemos como muestra estos haikús de Nonoki, por tener como tema la luciérnaga, representación internacional de nuestro cocuyo. Nonoki floreció durante la dinastía Tsí. El Emperador Kin-Kong le envió la orden de suicidio, simbolizada por una flor despetalada, basándose en la opinión que de él tenían sus subalternos de la corte. La crítica oficial denunció en su obra "mordacidades imperdonables, ya que minaban la opinión popular, reblandeciendo las bases del Imperio", e interpretaba a su manera ciertos poemas. Por ejemplo, al primero que aquí aparece se le atacó, diciendo que "si todo se detuviera, se iría a pique la nave del Estado" y que el poeta trataba de anteponer un insecto (que por muy luminoso que fuese, no dejaba de serlo) al trabajo de miles de ciudadanos y al prestigio de la corte; además ¿qué era eso de "el milagro"?, si según Nonoki hacía falta un milagro, era porque no había suficiente destreza en El Emperador para lograr con su gobierno todos los milagros que hubiese que lograr. ¿Qué era aquello de "ruinas" (en el segundo ejemplo) cuando todo se estaba construyendo? ¿Por qué "recuerdos"? ¿Qué "recuerdos"? "Eso se debía referir al anterior imperio, raza de malhechores y asesinos". ¿A qué hablar de "temores"? (tercer ejemplo) ¿Cuáles "temores", cuando había el más potente y preparado ejército vigilando en la noche a cualquier enemigo, con ojos penetrando aún la más penetrante oscuridad? ¿Qué quería decir esto de "ha muerto la luciérnaga"? (cuarto ejemplo) ¿Que acaso uno de nuestros propios soldados la ha ultimado? "La luciérnaga errante" (quinto ejemplo). ¿Por qué "errante", no está contenta con El Imperio? ¿Qué quiere decir ''cree entonces''? ¿Qué no es cierto? ¿Se atreve a errar y todavía este hombre, engendro de poetas, le hace elogios? ¿Qué hay con lo de ''mañana'' (último ejemplo)? ¿Y Hoy acaso no cuenta?, ¿es que niega el presente luminoso? ¿Qué quiere decir "rama"? ¿Será realmente "rama"? (porque nada podemos esperar de este sujeto) ¿Y "será"?, palabra sospechosa en él. ¿Y "parte"?: ¡da vergüenza hablar solo de parte! ¿Y de un "sueño"?, ¡¿De un "sueño"?!: ¿Qué quiere decir sueño?

Esposas

Una tribuna solitaria. En la calle hay mucho viento. Vuelan papeles escritos por todo el escenario. Delante de la tarima, sillas dispuestas en fila. Entra un hombre con las manos esposadas y se sienta en la primera fila. Mira fijo hacia la tribuna. Llega otro hombre, también esposado. Va a sentarse junto al primero, pero decide no hacerlo y se sienta al otro extremo de la primera fila. Llega otro esposado con cara muy amarga, se sienta en la última fila. Llegan tres esposados más, vestidos de igual forma los tres y se sientan en la segunda fila. Llega otro que distraídamente va a sentarse junto al segundo que llegó, al darse cuenta, se sienta dejando igual cantidad de asientos del primero que del segundo, o sea, al centro de la primera fila. Llega una mujer igualmente esposada. Todos los hombres la miran. Se sienta en tercera fila, al centro. Llega un grupo de hombres y mujeres todos esposados, meneando las caderas, sin expresión en los rostros, se sientan escogiendo los mejores lugares que encuentran. Llega otro esposado con una gran sonrisa paralizada y va a sentarse en la última fila, junto al de la cara agria. Este se levanta rápidamente con la misma expresión y se sienta al extremo. Llegan otras dos esposadas vestidas de negro que se sientan como en una misa. Llega un esposado bien vestido que se sienta con gran aplomo y rostro de satisfacción junto a la primera mujer. (PAUSA) Llega un esposado joven con un lápiz entre los dientes, se sienta. De aquí en lo adelante cambiará siempre de asiento hasta que quede uno solo que ocupará hasta el final. Llegan dos esposados muy misteriosos, lanzando miradas de sospecha a todos, tras una seña disimulada, se sientan en distintos lugares. Llega otra conga silenciosa de mujeres y hombres esposados. Se sientan muy disciplinadamente. Llegan un hombre y una mujer besándose con las esposas puestas. Buscan dos asientos juntos, pero ya no los hay. Se ven obligados a separarse, se miran muy tristemente como si no fueran a verse más. Al separarse del todo, sus expresiones cambian, sus rostros se vuelven inexpresivos, se sientan cada uno por su lado. Ya está todo lleno. Miran a la tribuna. Todos conservan su expresión original. (PAUSA) Murmullo de unos con otros. (PAUSA) Sale el orador. Tiene las manos libres pero la boca vendada. (PAUSA) Gran murmullo. Silencio. El orador hace un corto discurso con las manos, son ademanes incomprensibles que crecen hasta que deja caer los brazos exhausto. Todos se ponen de pie y aplauden. Por supuesto, en silencio, por la dificultad con las esposas.

Carne

Un hombre vestido de blanco, con delantal ensangrentado, anuncia, corta y va mostrando distintas carnes y vísceras: "Después no podrá decir que usted no ha visto lo que come. Nosotros se lo matamos ante sus propios ojos y usted se lo come calentito, y con el recuerdo en los oídos del último berrido. Usted mastica ese pellejo recién arrancado del cuerpo y goza de esa masita que hace un momento chorreaba sangre y manteca. Usted disfruta de esa grasa achicharradita y de ese olorcito a carne quemada y a pellejo.

Nosotros lo apuñalamos y usted sólo espera sentado ante su mesa, porque nosotros se lo pelamos, se lo despellejamos, se lo descuartizamos, se lo freímos en su propia manteca y se lo damos ya dispuesto para que usted le hinque el diente.

Nosotros respetamos los gustos de aquéllos que, a fin de cuentas, son los que pagan, y podemos: servírselo de cuerpo entero, con la cabeza y todo y hasta con una manzanita entre los dientes —eso siempre después que lo pelamos y que se lo asamos dándole vueltas entre las llamas. Y claro que podemos también descuartizárselo ante sus propios ojos. Como ya le hemos dicho usted tiene derecho a ver lo que se come."

"Y ... si está usted entre los que quieren sabor, y mucha vitamina... (SACA VÍSCERAS SANGRANTES DE BAJO DEL MOSTRADOR) ¡Esto se llama gandinga!

El corazón, casi palpitante! Los riñones ya limpios, —nosotros limpiamos estos animales a conciencia— sin esa pestecita a orines que les dejan en algunos lugares. El hígado, si usted es de los que gustan de lo intenso, se lo podemos dar de vuelta y vuelta; es decir, con su sangre, su poquito de sangre: hay siempre quien gusta sentir como chorrea cuando muerde. (SACA MAS TRIPAS) En cuanto a los intestinos y a esas otras cosas, quiero que sepan que hay tribus que también se los comen: les llaman algo así —que en español sería gandinga real... y muchos elementos nutritivos que tiene. También: y esta sí que es la especialidad de la casa (MIRADAS ENIGMÁTICAS) tenemos ... lo que tiene varios nombres ... pero nosotros hemos dado en llamarle 'traga-traga'. Es algo que recuerda a las muñequitas rusas. Cogemos a un grupo cualquiera, una familia entera de estos animales, y luego del apuñalamiento masivo, del vaciado de vísceras, del pelado y el afeitado a los que lo necesiten, vamos introduciéndolos según tamaño a uno dentro del otro, de manera, como bien pueden notar muy decorativa para su mesa de banquete; además (HUELE) deliciosa. Las bestias pueden adornarse con lechuga, tomate, rabanitos y aceitunas, y cuando usted y sus comensales abran el lomo del primero, irán descubriendo los sucesivos hasta encontrarse con el más pequeño, (COMO HABLANDOLE A UN BEBE) una verdadera criaturita.''

''Si lo que desea es un solo animal, se lo ponemos del tamaño que usted lo quiera. Las extremidades pueden serles cortadas a la manera tradicional o también se las dejamos y se lo servimos parado en sus propias patas, como si el muy sinvergüenzón estuviera vivito y coleando. A esta preciosa ilusión contribuye nuestro equipo especializado de 'maquillistas carniceros', que pueden darle a lo que en realidad ya no es otra cosa que un cadáver, una apariencia de lozanía y vitalidad. Tampoco hemos de soslayar la participación de nuestros sonidistas en el ... realismo de lo que presentamos a su mesa.

Los berridos que el animal diera al ser acuchillado se repiten estereofónicamente a través de nuestros equipos Ultravox, en el mismo momento en que usted hunde el cuchillo en el cuerpo de la bestia, para llevarse a la boca un trozo de su sabrosa carne.''

(COMO EN SECRETO) "Un plato ... muy ... especial de la casa ... son los ... (SACA UNA BANDEJA. TEME DECIR PALABROTA) genitales estofados. Este es un plato muy fortificante por el fósforo que contiene y que hará de los hombres cansados ... agresivos muchachotes. En busca —para usted— de la más alta calidad en el producto, nuestros hombres castran las bestias, escogiendo entre miles las de mayor ... potencialidad.

En último término: y aunque ya hablé de las propiedades de la gandinga, éste es un plato mucho más fino y muy bueno para la memoria y todo tipo de labor intelectual. Se trata del cerebro: los conocidos sesos, que se le pueden servir bien cocinados o tal como el Marqués de Sade los prefería: crudos.

Completamente crudos. Cocinados o crudos los sesos son un verdadero manjar de dirigentes. Todos los emperadores, reyes, ministros imperiales, comandantes y mandantes de las prisiones, los han usado para llevar a cabos sus propósitos en la vida. El cerebro, o sesos, es la parte más desarrollada del animal. Ingiriéndolo, los hombres de más reconocido prestigio guerrerista, han logrado mantener a raya a sus enemigos. El comandante Fidel Castro, y es un buen ejemplo, come sesos como un condenado. El Ayatola es otro goloso del cerebro, y él lo ha destacado en sus memorias. Nicaragua y otros países de América Latina se han destacado últimamente entre los consumidores de sesos. Los rusos han sido desde siempre, incondicionales devoradores de este suculento plato. Los chinos los enlatan. Los dirigentes del estado polaco, los del checo, los búlgaros, rumanos y húngaros, los mongoles y lo buscan y los paladean. El pueblo tiene más o menos acceso a él, según como vaya ascendiendo el individuo en categoría social. En Vietnam, en Estados Unidos, en Irán, en Israel y en casi todos los países del mundo ... (MUCHO ENTUSIASMO COMERCIAL) yo diría que en todos se come el seso de muy diferentes maneras. Es también la forma de prepararlo."

"En Cuba se come el seso como plato nacional, a pesar de que no aparece demasiado en las mesas, pero en todas las conmemoraciones se come seso, aunque sea de manera simbólica.

En una entrevista realizada con el Comandante Fidel Castro Ruz, aparecida en el Pravda el 18 de marzo de 1981, durante una visita informal de este mandatario a la Unión Soviética y ante el seno del Kremlin, éste destacó la importancia del seso, diciendo: Nosotros utilizamos el seso en la guerra contra el imperialismo norteamericano. Ellos, por su parte usan el seso de manera muy limitada, lo usan para la propaganda de productos comerciales, pero nosotros lo usamos para propagar nuestra doctrina. También destacó lo nutritivo del seso como plato nacional y confesó que come seso cuatro veces al día.

Pero así quiera usted seso, gandinga, o masa pura y pellejo doradito que chilla al masticarlo, puede solicitar nuestros servicios y ... según el precio usted verá como lo que pague lo conseguirá. Coma más gandinga, y no olvide el seso.'' (AFILA EL HACHA. EN LA PARED SU SOMBRA SE AGIGANTA).

Realidad parodial

Echábamos perlas a los puercos. Y los puercos se atragantaban con nuestras perlas.
Y les salían perlas a los puercos por las orejas pelúdisimas.
Y también escupían, y hasta vomitaban cantidades de perlas estos puercos.
Y les salían perlas por donde ya sospechan a los peludos puercos.
Y perlas y más perlas provocaban inundaciones perleriles que a estas alturas ahogaban ya a uno que a otro puerco.
Y en los mares de perlas venían barcos con muchos pescadores (de perlas), que, por cierto, traían a sus señoras —distinguidísimas damas con vueltas y más vueltas de perlas a los cuellos.
Esos cuellos tan finos que podrían perecer de un solo mordisco de los puercos que ya tiboroneaban esos mares puerquísimos, aunque llenos de perlas.
Y de vez en vez lo pescadores pescaban puercos en lugar de perlas. Pero no era problema porque abrían a los puercos que estaban rellenísimos, como ya pueden suponer de perlas que tragaban como único alimento a estas alturas. Y ya los pescadores no querían pescar perlas, porque pescando puercos ya "la hacían"; por lo tanto preparaban anzuelos con alguna cosa verdaderamente preciada por los puercos. Por ejemplo: con un trozo 'e carne e' puerco.

Y así los pobres puercos que estaban a esa dieta de perlas que nosotros —por no tener otra cosa que echarle les echábamos— se avanlanzaban por el fondo de aquel mar de perlas a devorarse el trozo 'e carne 'e puerco, lo más pronto posible. Porque aunque hay quien dice que los puercos no distinguen entre una galleta y un zapato para comérselos, me parece que el solo sonsonete de perlas no le caería bien a estómago alguno, ni siquiera al de un puerco. Así que preferían tragarse un trozo ya despellejado, cocido o crudo, de algún que otro congénere.

Nosotros seguíamos echándoles perlas a los puercos. De vez cuando, una que otra zalamera puerquita pasaba con un brazalete de perlas. Aunque falsas, no nuestras perlas, claro. Nuestras perlas que fueron entendidas como perlas generaciones más tarde.

Como piedras perlosas que caían quien sabe de dónde y que formaban altas pirámides perladas.

"Pero en realidad, echarles perlas a los puercos tiene su gracia —diría cualquier gracioso—...por lo menos cuando uno ve un puercazo enorme resbalar al pisar una perla verdadera.

Y caer con estrépito descomunal, escachando las perlas de fantasía que ellos fabrican".

Noviembre 2 de 1987

Relato para moscas

La pobre mosca, acostumbrada a las deliciosas inmundicias, al calor que pudre pronto y bien todo lo que encuentra, a las cazuelas destapadas en cuyo fondo fermentan los restos de un potaje verdoso, a la leche cortada y a la miel derramándose, a una salsa de carne exhausta resbalando por tapas y sartenes, a tantos y a tales abandonos de plátano cortado y fruta floja y cáscara ablandada, tuvo un sueño monstruoso, tuvo una pesadilla de mil ojos cerrados, capaz de mantenerla inmóvil de por vida. Soñó que estaba en una gran cocina tan limpia y funcional, tan reluciente, tan en orden y pulcra y tan aséptica, que ella sola sería de prueba irrefutable de lo ya dicho en cuanto a esa blancura. Entonces empezó a volar en cuántas direcciones se le pueda ocurrir a una mosca, y a donde quiera que voló chocó contra un estante bien cerrado, contra el brillo del piso y el de las cacerolas y el pulido de plástico y formica. Otra mosca, posada en un molde de cake al que evidentemente el estropajo, la farola y los polvos detergentes habían quitado todo su encanto y su dulzura, distrajo a nuestra víctima un instante de la cruel pesadilla. Ella se le acercó, se frotaron las patas sin rodeos y más fortalecidas, reiniciaron el vuelo buscando una salida, la más mínima huella del abandono humano, la más leve, la cáscara, o el grano de azúcar que rebota, que inevitablemente ningún frasco, siquiera el más hermético lograría retener. Pero nada, la saña de tanta pulcritud no perdonaba regodeos ni placer, ni siquiera sustento. Arrinconadas ya, sobre la loza, recibiendo los rayos de un sol artificial o verdadero que pasaba a través de los inmensos ventanales cerrados, las dos moscas se unieron, chirriando con el roce constante de sus patas, para darse calor y para amarse. La luz iridisaba filtrando por sus alas, nimbados de colores sus dos cuerpos. Y así, juntas, amándose, soñaban, un delicioso sueño de mil ojos abiertos: soñaban con los restos de un potaje verdoso fermentando, con frutas ya podridas y almíbar derramada y grasientos sartenes.

Sueño

Sueña que un policía lo detiene. Le dice: "¡Identifíquese!", y él busca en los bolsillos del pijama, pero no tiene nada. "Déjeme despertarme un momentico, por favor, que es que no tengo aquí mis documentos". "De eso nada", —contesta el policía— "vas a seguir soñando".

Relato sospechoso

—Ese hombre que está parado ahí, no sé ... pero me luce...
—No seas bobo. ¿Tú crees que si así fuera se iba a poner de esa manera ahí ... así ... tan ...
—Pues por lo mismo, puede que lo haga así mismo para que nadie piense que él ...
—¿Y en ese caso qué?... ¿Sería yo el sospechoso?
—No te pongas así, ¿por qué iba a sospechar?
Pero el hombre seguía parado allí y se hacía sospechoso a los demás, que era lo que él quería, como habían advertido los primeros, para que nadie sospechase. Pero al hacerse sospechoso a todos, comenzó a sospechar que sus sospechas (pues tenía la sospecha de que alguien sospechaba de él), era también un poco sospechosa, ya que le hacía temer que sospechasen ... y eso era a todas luces sospechoso. Levantó tal sospecha en todo el barrio que acabó por hacerse como quién dice el "pater nostrum" de la sospecha. Y los demás entonces, sospechando que él se hacía sospechoso porque no sospechasen que su sospecha de ellos se le estaba haciendo a él mismo sospechosa y además sospechando que esa sospecha que cada uno tenía de que aquella sospecha de él era para sí mismo sospechosa, los hacía sospechosos de sus sospechas a todos ... Los demás (lo repito para que entiendan bien la historia y no sospechen) comenzaron a sospechar cada uno del otro y viceversa. Ejemplos: el carnicero del lechero, el tipo que viene a ver la luz, del panadero, la mujer del segundo de la del primer piso y etc., y etc. Y la madre no le gritaba al hijo como antes, ni le pegaba. Y el hijo la obedecía, intrigados e inmersos como estaban, en sus mutuas sospechas. Ya

nadie se decía insolencias e insultos como era la costumbre, sino solo sospecho que ... Y al que se le dijera, le quedaba la incertidumbre del que sospecha que se ha vuelto un sospechoso. Las frases populares, o simplemente tontas, burlonas o frívolas, cayeron en olvido o desuso; fueron sustituidas por:
"cuando el río suena..."
"no sé pero me huele a ..."
"hay algo en el ambiente que ..."
"me estoy imaginando ..."
"me parece..."
"lo veo venir ..."
y se decían sin ton ni son. Lo mismo cuando a alguien se le caía un lápiz en aula, que al descubrir bichitos en el azúcar, que cuando se oía que bañaban al niño del vecino. Pero pronto las frases se acabaron, para dar paso a un mudo y cadencioso viene y va de miradas y gestos sospechosos.

La familias cogieron por irse de aquel barrio para no seguir siendo sospechosas, mas los vecinos nuevos que ocupaban esos apartamentos, por ese mismo hecho ya se hacían sospechosos. Aunque en los otros barrios, adonde se mudaban los antiguos vecinos, como era natural, cundía la sospecha.

La gente que hacía cola para tomar helado, comenzó a sospechar cada uno del que estaba a sus espaldas. Los dos deportistas, en "shorts" y camisetas, con los números 3 y 6 a las espaldas, hacían movimientos sospechosos con las caderas ... siendo más y más lentos sus extraños requiebros de cintura. Es mas, que ... y un detalle para hacer las pesquisas no puede venir mal, el hecho de que tuvieran esos, precisamente esos números y no otros, tenía que provocar grandes sospechas. Una mujer que tendía un par de medias en una tendedera en su azotea, miró al aire y sintió de éste una sospecha. Al niño que jugaba, se le hizo sospechosa la ruedita que había estado empujando con una alambre, luego de comprobar sus sospechoso rodar hacia adelante. Un sospechoso apagón, comenzó hacer sospechosa la obscuridad, en la que sospechosas figuras encendían lámparas, sospechosas, de luz brillante. De repente, una extraña y sospechosa luminosidad, lo cubrió otra vez todo, haciendo ver sospechosos objetos, personas y hechos, de los que antes ni siquiera se habría sospechado que eran tan sospechosos. Aquello dio a entender lo sospechoso que era el mismo sol.

Y el vaivén sospechoso de las olas del mar, delató al fin ,brutal y claramente, lo sospechoso de éste, por lo que nadie (dicho sea entre paréntesis), se atrevió ni a mirarlo nunca más, por temor a volver aún más profunda, su sospechosa sospechosidad.

Era tal el estado de las cosas, que el gobierno tomó estrictas medidas. Se promulgó una ley severa y terminante: PROHIBIDO SOSPECHAR.

Se colocaron guardias en todas las esquinas, dando motivos para sospechar, y, en caso de sospecha, detenían al culpable de inmediato. Esa fue la mejor idea que se les ocurrió para que nadie sospechase, pero aún así, montones de sospechantes fueron apresados. Se celebró un gran juicio, donde los acusados de sospecha alegaron, que si se sospechaba de ellos, también los acusadores, los jueces, los policías y todos estaban cometiendo aquel mismo delito. Claro que tuvieron que penarles, ya que si era verdad que la sospecha de que eran sospechosos podría considerarse otro delito ... la ley debía cumplirse, a parte de que aquellos se hacían convictos dobles al sospechar ahora de quienes la impartían. Por su parte los jueces no se podían librar de sospechar unos de otros. Mientras que uno pensaba que aquel había aplicado la ley para salvarse de su sospecha, el otro creía que ése lo hacía de intento (para hacerlo sospechar). Y ya a los pocos días no quedaba gente por enjuiciar y la corte, acusándose a sí misma, tuvo que ser también ajusticiada por sospechosa sospecha.

Y ya nadie sabía quién era quién, ni como salir de aquel caótico atolladero.Y entonces llegó un hombre, un hombre increíble y fantástico, que en medio de ese régimen de sospechas, no sospechaba. Nada le hacía sospechar, ni siquiera las cosas realmente sospechosas. Todos en cierto modo se sintieron tranquilos. Se les hizo consciente que el hecho de existir un solo hombre que no sospechase, hacía perder al acto de sospechar, su calidad de delito. Por lo tanto, eran todos inocentes ... y libres ... para seguir sospechando. Por supuesto que nadie iba a volver al círculo vicioso de seguir sospechando de quien ya sospechaban. Por lógica era el hombre, con su actitud altamente sospechosa, quien se había hecho ahora blanco de todas las sospechas. Tendrían que eliminarlo, ¿pero cómo? Acusarlo de lo que fuese, implicaría sospechas contra él, que como ya hemos visto no eran legalmente admisibles. Derogar esa ley sería, por una parte, volver al viejo régimen de cosas; y por la otra, poner en evidencia el que sobre una ley tomada como buena hasta el momento, había existido siempre la sospecha. Se la podrían ... Pero en las circunstancias de tan descomunal complicidad, era hasta improcedente: no lo podrían hacer todos a la vez. De una manera u otra habría asesinos e inocentes... Eso desencadenaría espantosas sospechas. Pensaron promulgar una ley nueva: PROHIBIDO HACERSE SOSPECHOSO.

Pero como se ve, era del todo absurdo: por las mismas razones que ya piensan ustedes y porque si se le prohibía a un individuo hacerse sospechoso, ya no existía ese delito como tal. Entonces empezaron a hacer demostraciones cívicas en torno al hombre. Le querían insinuar que sospechaban de él. Pero como él no sospechaba de ninguno, no podía tampoco sospechar que ellos sospechaban. Y revirones de ojos, miraditas, señas, poses y gestos de todas clases, no surtían en él, ni el más mínimo efecto. Entonces empezaron a hacer que cometían horrorosos delitos de manera que el tipo sospechara. Pero como no hacían en él ningún efecto todas sus pantomimas de ladrones, estupradores, endrogados y criminales, las tuvieron que hacer mejor aún (con un naturalismo que erizaría al más pinto).

Y se puso en juego toda la maquinaria del estado. Y no se escatimaron esfuerzos ni recursos con tal de despertar en él sospechas: simulacros de atracos se hacían en pleno día, llegando en su delirio de perfección a darse un verdadero porrazo por el cráneo. En cuanto a violaciones de mujeres casadas, siempre eran a los ojos del marido, para darle más impacto dramático al asunto, no habiendo modo de evitar los celos de algunos prejuiciados. Se traficaba en drogas ante los policías que rondaban el barrio. Pero el saldo de intoxicados, de verdaderos presos y expendedores reales (que escaparon, por cierto), no hacía que deslucieran en lo más mínimo, los sacrificios hechos para tan altos fines. Pero el hombre veía solamente: se horrorizaba y experimentaba todas las sensaciones que cualquier hombre sentiría ante aquello. Pero no conseguían de él lo que tanto esfuerzo y verdadera sangre les estaba costando: ni un gesto de sospecha. Ni el más mínimo espasmo muscular de desconfianza, ni sombra de recelo.

Y luego, el verdadero motivo de la fiesta de horror que sucedía, que era aquel hombre, se olvidó. Hasta los altavoces y los pasquines fueron destruídos o robados. Y entonces fue la encarnizada lucha en donde no mediaron las sospechas (hay que reconocer que eran un atenuante). Y pronto, alrededor del hombre postergado, la delirante ronda de hombre y mujeres y niños instantáneos, fue una compacta masa de cadáveres, que parecían un solo cadáver gigantesco en la fosa común de una ciudad demolida y saqueada.

Y le vino de pronto una sospecha que no pudo evitar.

Aplausos

Los aplausos se quedan pegados a las manos. Al llegar a sus casas la gente que aplaudía, observa esa extraña película que le cubre las palmas de las manos. Agua y jabón: y nada; agua caliente: y nada; alcohol: y nada. Todos creen poder encontrar la forma de arrancarla, pero nada. Se restriegan la izquierda y la derecha, la derecha y la izquierda, y nada. Nada. Unos a otros se frotan palma con palma y sólo consiguen que se haga más amplia la película y que abarque más manos. Al final se ha llegado a la tal vez absurda conclusión, de que, sólo yendo a aplaudir un día y otro día, y aplaudiendo, aplaudiendo, lograrán, no arrancarla, pero al menos la agradable ilusión de que luego, más tarde, cuando se acabe el próximo discurso y vuelvan a aplaudir, se les despegarán tal vez, más tarde...

Héroe tras héroe

Una gran luz en el escenario. Entra un hombre, se para en una esquina. Proyecta una larga sombra. Trata de protegerse del sol con manos y brazos, pero es inútil. No queda otro remedio que quedarse ahí de frente al sol, inmóvil. Entra otro hombre de estatura mas baja. Siente el recalcitrante sol. Busca por todas partes en poquito de sombra, y decide, aunque tímidamente, guarecerse a la sombra del primero: así lo hace. El primero la mira con desconfianza. (PAUSA) Vuelve a mirarlo. Entonces se cambia de lugar, algo molesto. El segundo no puede soportar la terrible luz del sol. Va de un lado a otro. Al fin decide intentarlo de nuevo: va sigilosamente a la sombra del otro y se pone tras él. Este lo ve, pero esta vez sonríe consciente de su poder, mirándole de arriba a abajo, y haciendo un ademán de preponderancia y fatuidad le vuelve la espalda, soportando esta vez el sol con exagerada conciencia de su "heroísmo". El segundo se siente avergonzado, pero no puede prescindir de la sombra del otro. Entra un tercero. Siente el sol y va, sin vacilaciones, a ponerse a la sombra del segundo. Este, ofendido y molesto por esta "impertinencia", se retira de allí. El tercero avanza al puesto que ocupara el segundo, a la sombra del primero. El segundo no puede soportar ya más la luz del sol; entonces, aún más avergonzado, va a ponerse despacio tras el tercero, un poco pidiéndole perdón "por la atribución que se toma". El segundo le mira con displicencia. El primero sonríe, y se vuelve otra vez de frente al sol, con los brazos cruzados. El segundo hombre —que ahora es el tercero en fila india— ha enrojecido. Llega un cuarto. No busca la sombra: se resigna a la excesiva claridad y al calor. El segundo se siente esperanzado; le sonríe buscándole la cara. Le señala, invitándole, la sombra que hace su cuerpo. Ante tanta insistencia, el cuarto va y se pone a su sombra, al final de la fila. Entra un quinto. Es un hombre pequeñito con una gran sombrilla cerrada. Los mira, y se ríe de todos, abriendo su sombrilla. Ahora los demás están desconcertados. El primero subraya su actitud de heroísmo. El último ríe aún más. Saca gafas oscuras; se las pone, mirando a los otros con desprecio.

El primero, rompiendo su actitud, va hacia él y le quita por la fuerza las gafas y la sombrilla. El asaltado da dos pasos atrás, cobardemente. (PAUSA) El primero disfruta ahora de la sombrilla y de las gafas El quinto, antiguo dueño de las gafas y el quitasol, va a colocarse lleno de rabia tras el último de la fila, a coger su poquito de sombra. Pero pronto los otros se dispersan, haciendo visajes por el terrible sol, cada uno por su parte.

El segundo hombre, según el orden de entradas, aquel más tímido de todos, toma una decisión y se pone de frente al sol, como el primero, en actitud heroica, invitando a los otros a que vengan a guarecerse bajo su sombra. Todos lo hacen. El primero se ríe de los demás ahora. (PAUSA) Entra un sexto hombre con sombrilla y con gafas. El segundo "héroe", lo mira con envidia. De pronto se decide y va hacia él con pasos de "guapería". Los otros se dispersan sufriendo los horrores del sol. El nuevo "héroe" llega hasta el nuevo personaje. Va a quitarle las gafas y el quitasol.

TELÓN MUY RÁPIDO

Los bravos

Tremendo dolol de cabeza, men, tremendo dolol de cabeza. Llego yo allí con mi socio y compañero Juan Rodobaldo y pram, la lucecita roja, la musiquita, ambiente de enfermedad pelfelto. Casi ni se veía uno las manos. Dígole yo a mi socio y compañero: esto es crema consorte, aquí caen como chinches con DDT. Eramos los primeros yo creo, y díceme él a mí: pega el ojo a la puejta chen, a ver si cazamos algo nojotros y cuando lleguen esa gente vean que somos los bravos. En eso llega el camarero, nos pregunta ¿qué quieren?, y pram, le pedimos 2 cartas. Nojotros no bebemos estando de servicio, pero esta era una noche de misión especial y había que hacer las cosas bien. Sale una jeba ahí, se pone a cantal y la fiesta empezó a ponelse buena. Qué rica estaba chico. Abre la boca mima. Así, que pierna viejo, que filin, que... En eso el socio mío me toca por el hombro y ne dice: Pedro Ángel, mira, mira, y yo me pongo en onda enseguida, conecto y pram, los veo; detrás del piano, así, en la paltecita más oscurita, pegaitos como se ponen ellos y vacilándonos a nojotros, estaban ellos dos chachamurriando bajito y el cará. Yo, yo, le digo al socio, hay que echarlos p'alante ahora mismo, consorte, sino esa gente llega y se nos adelanta. Pero Juan Rodobaldo, como buen precavido díceme a mí, no men, ahora no se puede, a estos hay que cogerlos mansitos. Y los tipos, mira que te mira, y nojotros en el mismo vacilón, y dale vuelta al vaso y la cosa, y el vacilón y el trago. Y yo con unas ganas de levantarme a ijles pa arriba, porque a mí el chernerío y ese bisnis me pone la sangre en el pescuezo. Y en eso, una de los dos se levanta y va al baño y mi socio coge y va detrás de él. Y yo que veo aquello digo: qué va, a mí nadie me coge la delantera, y me hago el que no tiene fósforo mirando al otro tipo y me acelco y me acelco poco a poco para qu'el fuera creyéndose que esta es un encarne y cogerlo mansito. Y el tipo, que pol poco se quema un deo y yo llego entonces y él enciende otro fósforo...y yo me doy cuenta enonces de quién era: Luis Filibelto, chen, otro socio de nojotros que estaba en la misma volá que nojotros. Y yo me doy de cuenta que él tenia preparado el carné y que estaba en el mismo troque que yo. En eso salen del servicio mi compañero y el otro... resulta que era Cheo, un agente más nuevo en el cuelpo. Ellos venían riéndose, y cuando miran para nojostros no pudimos aguantal y explotamos riéndonos. Luis Filiberto y Cheo venían vestío distinto que nojotros, venían con su motica p'alante, pantalones sin pliegues de eso que usan los enfelmos, camisita remangá y zapatos e puntica, a mí me dio hasta pena velme en mi traje azul con corbatica roja. Esa gente sí que están a la viva, la última moda en lo detectivesco. Pero de pronto puí, se abre la puelta y cuelan otros dos tipos que se cuelan en la punta de la barra. Los cuatro nos quedamos fríos nada más que mirándonos sin querer mirarnos y mirándonos sin mirarnos. No nos atrevíamos a llegarnos allí, porque es que todo el mundo quería echarnos p'alante y todo el mundo quería ser el primero. En eso yo me paro a lo descarao y me pongo en su marca listo ya corriendo pa la meca, pero los socios míos que me pillan, me vienen silenciosos pa'rriba e' mí y me dicen: no no chen, ahora no se puede, tremendo despretigio para el cuerpo, tremendo escache, no, no vayas así. Entonces nos sentamos otra vez y nos rifamos escudo contra estrella, a ver a quién le tocaba cada uno. Y le toca el primero a mi socio Juan Rodobaldo... y el otro a Cheo, acere, qué rabia me dio. A Cheo, y yo que llevo ya dos años en el cuelpo y no me tocó a mí, ni por antiguedad. Pero en eso se oye otra vez el puí de la puelta y cuelan otros cuatro. Digo yo: caballero, ahora sí que no hay cráneo ni litigio porque hay dónde escogel, ¡y todos nos lanzamos al abordaje!

Pero que suelte más perra, caballo... eran: Chicho, Alejandro, Joe Nacho y Mandinga, el agente medalla e' plata en el cuelpo. A todas éstas yo pienso: bueno... ¿y los maricones? Los chernas no llegaban y nojotros pensando que si llegaba alguno, no iba a alcanzar pa' nadie, ni en trocito. Ahí llegaron Rosendo, Lalo Almando,

Florito y Gomobundo. Ca'vez que una pareja entraba, el camuflaje era todavía más chévere. Rosendo venía con su pitusa, su pelaito corte cuadrado, Lalo Almando y Florito se habían hecho unos cerquillitos que estaban pa' matarlos, y Gomobundo traía hasta una bolsa de esas que usan los maricones del ballé de cartera e' mujer. Era un trabajo bonito pa' que tu veas. Un camuflaje fantasía, bonito verdá. Ahí entraron Julián, Paneque, Anselmo y Magdaleno. Como no había que hacel, empezó el converso, el chistesito de relajo, el ambientico, la cosa, el traguito, el bonche, billí, billó. Entoces fue que a alguien se le ocurrió la idea del simulacro de combate. Así podíamos ejelcitarnos mejol, porque los chernas todos los días inventan cosas para joder a la gente y no dejarse cogel; y a ellos hay que acabarlos. Polque ellos son un peligro pa' la sociedad. Son contra producientes y el cará. Son enfelmos mentales y no sirven pa'na'. Son lacras de la vieja sociedad, donde había descriminación racial y perseguían a la gente. Por eso a ellos hay que acabarlos, acabarlos y acabarlos.

Nos dividimos en dos bandos: chesnas y policías. Al principio to' el mundo quería hacer de policía, pero luego la gente empezó a cogerle el juego a las cosas y entonces se dejaban hacer de chernas. Juan Rodobaldo y yo nos sentamos en la punta e' la barra. Como yo llevo más tiempo en el cuelpo y sé más de esas cosas... hice de chesna. Hice como que le ponía la pierna a Juan Rodobaldo y el hizo como que se la dejaba pegar mientras miraba a la jebita cantando. Luis Filiberto se había metido en el inodoro, haciendo como el que seguía a Joe Nacho, que hizo como el que le había guiñado un ojo antes de entrar. Luis Filiberto hacía como que bailaba con Paneque, mientras que dos policías hacían que los chequeaban... Magadaleno y Anselmo hacían como los que se habían perdido y ya no se veían por ningún lado. Julián, que era el encargado de vigilarlos a ellos, se hacía el que preguntaba a todo el mundo donde se habían metido. Pedimos otra botella. Los tragos estaban bomba atómica. Yo creo que Juan Rodobaldo me había ya detenido y ahora yo era el que hacía de policía y él de cherna. Lalo Armando y Florito hacían como los que se estaban agarrando las manos por debajo e' la mesa, mientras que dos policías, anotaban todo lo que ellos hacían que lo hacían en una libretica de control. Magdaleno y Anselmo se seguían haciendo los que no aparecían. Julián hacía de lo más bien que los estaba buscando. Paneque había sacado ya el revólver. Esto es de mentirita, Paneque, qué ganas le tienes a los chernas. Magdaleno y Anselmo, pa' mí que se habían futivao, porque Julián estaba dando con la cabeza contra las teclas del piano. Estaba en un escache, porque iba a ver un informe del trabajo de ca'uno y si no aparecían los que hacían de los chernas de él, figúrate. Estaba ahora detrás de los demás, tratando de conseguir su chesna de fantasía, pero nadie quería soltar lo que tenía. La bebida echaba humo, y Anselmo y Magdaleno ¿dónde estarám? Caballo no, caballo, yo no puedo hacer ahora de chesna, yo estoy haciendo ahora el que sigo a Alejandro. La jeba el'piano estaba subida arriba el'piano, como si el piano fuera un caballo. Luis Filiberto mira, los chesnas hay que matarlos, todavía es que somos muy suaves con ellos. Pobrecito mi socio Julián, dame un abrazo, coño. ¿Dónde está el servicio? Los chesnas hay que matarlos, hay que arrancarle los huevos, con tanta jeba rica que hay en Cuba. Alejandro está cantando en el micrófono, vestido igualitico que la jeba. ¿Y Anselmo y Magdaleno dónde estarán? Mira, mira que tetas tiene. Y Anselmo y Magdaleno no aparecen.

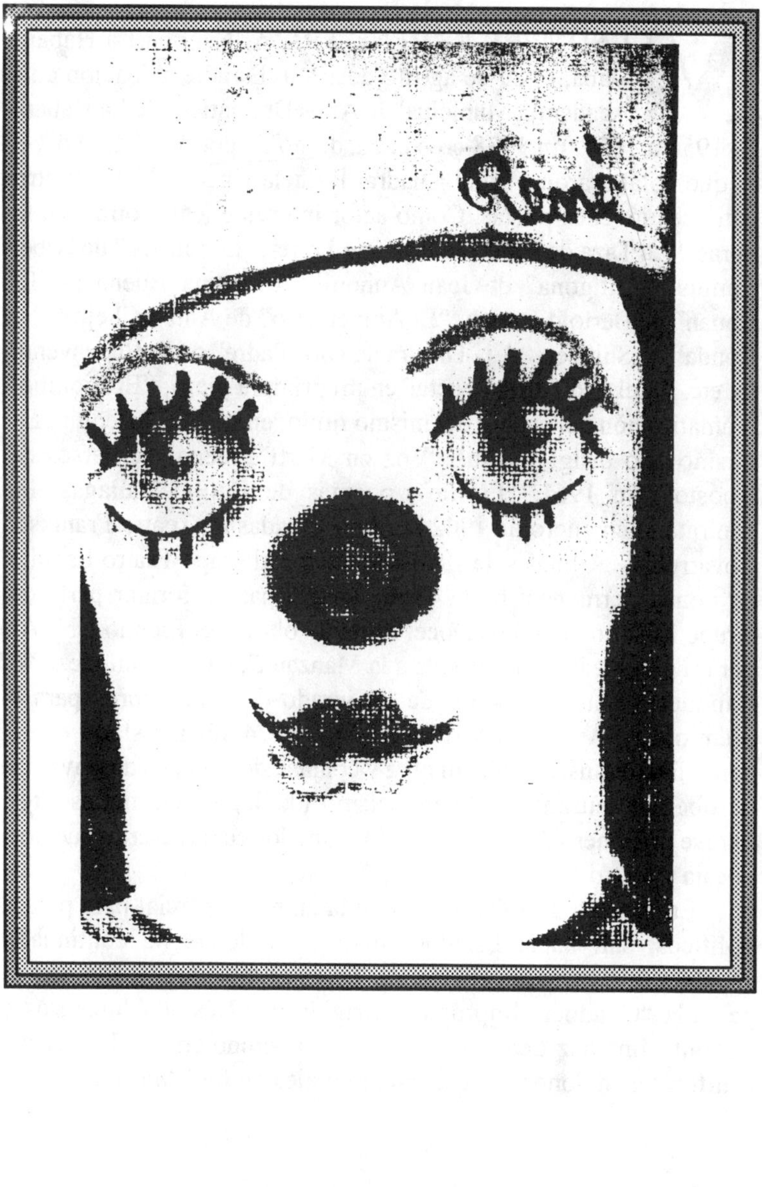
René

MI NOMBRE ES RENÉ ARIZA. Nací en La Habana, Cuba, el 29 de agosto de 1940. Estudié actuación en la Academia Municipal de Artes Dramáticas de La Habana, de 1956 a 1959. En 1958 creé el cuaderno de poesía "Cántico", en el que colaboraron, Ángel Cuadra, Rafaela Chacón Nardi y otros entonces jóvenes poetas. Como actor intervine, entre otras, en las obras: "La Taza de Café" de Rolando Ferrer, "Los Justos" de Albert Camus, "Antígona" de Jean Anhoull, "El Alma Buena de Tse Chuan" de Bertold Bretch, "El Aniversario" de Anton Chejov, "La Ronda" de Snitzler, "A la Diestra de Dios Padre" de E. Buenaventura, etc. En el 1960 dirigí y actué en mi primera pieza: "El Biombo", dramatización del cuento del mismo título, en la Sala Arlequín. Ese mismo año dirigí y actué "Voz en Martí", recital de versos del Apóstol. En 1961, "Emilio", poemas de Emilio Ballagas. Fuí contratado en enero de 1962 por las Brigadas de Teatro Francisco Covarrubias. A finales de 1963, me integré al grupo Teatro Estudio, en donde permanecí hasta 1968, en que pasé a formar parte del Grupo Experimental Los Doce. En 1967 obtuve el Premio UNEAC por mi pieza teatral "La Vuelta a la Manzana"; en 1968 mi pieza "El Banquete" obtuvo 2 votos de un jurado de 5 miembros para el premio CASA LAS AMÉRICAS. En 1974 fuí arrestado en mi domicilio, requisada toda mi obra y condenado a 8 años de privación de libertad acusado de diversionismo ideológico en mis escritos. Estuve prisionero durante 5 años (durante los cuales escribí cuentos, poesía y teatro.)

En febrero de 1979, mediante la amnistía parcial para presos políticos, salí hacia Estados Unidos, en donde he continuado escribiendo, actuando y dibujando. En 1982, fui entrevistado para la película "Conducta Impropia", dirigida por Néstor Almendros y Orlando Jiménez Leal. Desde 1983 he residido en San Francisco, California, en donde he realizado recitales de José Martí, Federico

García Lorca, Neruda, Vallejo, Walt Whitman y de mi propia obra. A partir de 1985 he viajado cada año a Miami, donde presento mi espectáculo de cuentos, teatro breve, poesía y canciones.

En la actualidad preparo un pequeño grupo de actores. Daremos funciones de títeres para los niños con textos originales y de autores clásicos. La idea es brindar entretenimiento a niños hospitalizados y con problemas de personalidad, y en general, llevando un mensaje de amor a sitios en que la violencia es el triste pan cotidiano.

OTROS LIBROS PUBLICADOS EN LA COLECCIÓN CANIQUÍ POR EDICIONES UNIVERSAL:

017-8	LA SOLEDAD ES UNA AMIGA QUE VENDRÁ, Celedonio González
018-6	LOS PRIMOS, Celedonio González
020-8	LOS UNOS, LOS OTROS Y EL SEIBO, Beltrán de Quirós
021-6	DE GUACAMAYA A LA SIERRA, Rafael Rasco
022-4	LAS PIRAÑAS Y OTROS CUENTOS CUBANOS, Asela Gutiérrez Kann
024-0	PORQUE ALLÍ NO HABRÁ NOCHES, Alberto Baeza Flores
025-9	LOS DESPOSEÍDOS, Ramiro Gómez Kemp
036-4	ANECDOTARIO DEL COMANDANTE, Arturo A. Fox
038-0	ENTRE EL TODO Y LA NADA, René G. Landa
040-2	CUENTOS DE AQUÍ Y ALLÁ, Manuel Cachán
041-0	UNA LUZ EN EL CAMINO, Ana Velilla
043-7	LOS SARRACENOS DEL OCASO, José Sánchez-Boudy
0434-7	LOS CUATRO EMBAJADORES, Celedonio González
0639-X	PANCHO CANOA Y OTROS RELATOS, Enrique J. Ventura
1365-6	LOS POBRECITOS POBRES, Alvaro de Villa
170-0	EL ESPESOR DEL PELLEJO DE UN GATO YA CADÁVER, Celedonio González
171-9	NI VERDAD NI MENTIRA Y OTROS CUENTOS, Uva A. Clavijo
184-0	LOS INTRUSOS, Miriam Adelstein
1948-4	EL VIAJE MÁS LARGO, Humberto J. Peña
196-4	LA TRISTE HISTORIA DE MI VIDA OSCURA, Armando Couto
218-9	ÑIQUÍN EL CESANTE, José Sánchez-Boudy
227-8	SEGAR A LOS MUERTOS, Matías Montes Huidobro
230-8	FRUTOS DE MI TRASPLANTE, Alberto Andino
249-9	LAS CONVERSACIONES Y LOS DÍAS, Concha Alzola
251-0	CAÑA ROJA, Eutimio Alonso
2533-6	ORBUS TERRARUM, José Sánchez-Boudy
255-3	LA VIEJA FURIA DE LOS FUSILES, Andrés Candelario
282-0	TODOS HERIDOS POR EL NORTE Y POR EL SUR, Alberto Muller
292-8	APENAS UN BOLERO, Omar Torres
297-9	FIESTA DE ABRIL, Berta Savariego
300-2	POR LA ACERA DE LA SOMBRA, Pancho Vives
301-0	CUANDO EL VERDE OLIVO SE TORNA ROJO, Ricardo R. Sardiña
303-7	LA VIDA ES UN SPECIAL, Roberto G. Fernández
332-0	LOS VIAJES DE ORLANDO CACHUMBAMBÉ, Elías Miguel Muñoz
342-8	LA OTRA CARA DE LA MONEDA, Beltrán de Quirós
3460-2	LA MÁS FERMOSA, Concepción Teresa Alzola
370-3	PERO EL DIABLO METIÓ EL RABO, Alberto Andino

381-9	EL RUMBO, Joaquín Delgado-Sánchez
423-8	AL SON DEL TIPLE Y EL GÜIRO..., Manuel Cachán
435-1	QUE VEINTE AÑOS NO ES NADA, Celedonio González
440-8	VEINTE CUENTOS BREVES DE LA REVOLUCIÓN CUBANA Y UN JUICIO FINAL, Ricardo J. Aguilar
442-4	BALADA GREGORIANA, Carlos A. Díaz
464-5	EL DIARIO DE UN CUBANITO, Ralph Rewes
465-3	FLORISARDO, EL SÉPTIMO ELEGIDO, Armando Couto
476-9	LOS BAÑOS DE CANELA, Juan Arcocha
487-4	LO QUE LE PASO AL ESPANTAPÁJAROS, Diosdado Consuegra
493-9	LA MANDOLINA Y OTROS CUENTOS, Bertha Savariego
494-7	PAPÁ, CUÉNTAME UN CUENTO, Ramón Ferreira
495-5	NO PUEDO MÁS, Uva A. Clavijo
501-3	TRECE CUENTOS NERVIOSOS, Luis Ángel Casas
519-6	LA LOMA DEL ANGEL, Reinaldo Arenas
533-1	DESCARGAS DE UN MATANCERO DE PUEBLO CHIQUITO, Esteban J. Palacios Hoyos
539-0	CUENTOS Y CRÓNICAS CUBANAS, José A. Alvarez
542-0	EL EMPERADOR FRENTE AL ESPEJO, Diosdado Consuegra
544-7	VIAJE A LA HABANA, Reinaldo Arenas
545-5	MAS ALLÁ LA ISLA, Ramón Ferreira
554-4	HONDO CORRE EL CAUTO, Manuel Márquez Sterling
555-2	DE MUJERES Y PERROS, Félix Rizo Morgan
556-0	EL CÍRCULO DEL ALACRÁN, Luis Zalamea
560-9	EL PORTERO, Reinaldo Arenas
565-X	LA HABANA 1995, Ileana González
575-7	PARTIENDO EL «JON», José Sánchez-Boudy
587-0	NI TIEMPO PARA PEDIR AUXILIO, Fausto Canel
594-3	PAJARITO CASTAÑO, Nicolás Pérez Díez Argüelles
595-1	EL COLOR DEL VERANO, Reinaldo Arenas
596-X	EL ASALTO, Reinaldo Arenas
611-7	LAS CHILENAS (novela o una pesadilla cubana), Manuel Matías
619-2	EL LAGO, Nicolás Abreu Felippe
629-X	LAS PEQUEÑAS MUERTES, Anita Arroyo
630-3	CUENTOS DEL CARIBE, Anita Arroyo
632-X	CUENTOS PARA LA MEDIANOCHE, Luis Angel Casas
633-8	LAS SOMBRAS EN LA PLAYA, Carlos Victoria
653-2	CUENTOS CUBANOS, Frank Rivera
657-5	CRÓNICAS DEL MARIEL, Fernando Villaverde
667-2	AÑOS DE OFÚN, Mercedes Muriedas
670-2	LA BREVEDAD DE LA INOCENCIA, Pancho Vives
693-1	TRANSICIONES, MIGRACIONES, Julio Matas
699-0	EL AÑO DEL RAS DE MAR, Manuel C. Díaz

705-9	ESTE VIENTO DE CUARESMA, Roberto Valero Real
707-5	EL JUEGO DE LA VIOLA, Guillermo Rosales
711-3	RETAHÍLA, Alberto Martínez-Herrera
728-8	CUENTOS BREVES Y BREVÍSIMOS, René Ariza
729-6	LA TRAVESÍA SECRETA, Carlos Victoria
741-5	SIEMPRE LA LLUVIA, José Abreu Felippe
769-5	CUENTOS DE TIERRA, AGUA, AIRE Y MAR, H. Delgado-Jenkins
772-5	CELESTINO ANTES DEL ALBA, Reinaldo Arenas
779-2	UN PARAÍSO BAJO LAS ESTRELLAS, , Manuel C. Díaz
780-6	LA ESTRELLA QUE CAYÓ UNA NOCHE EN EL MAR, Luis Ricardo Alonso
782-2	MONÓLOGO CON YOLANDA, Alberto Muller
784-9	LA CÚPULA, Manuel Márquez Sterling
785-7	CUENTA EL CARACOL (relatos y patakíes), Elena Iglesias
791-1	ADIÓS A MAMÁ (De La Habana a Nueva York), Reinaldo Arenas
793-8	UN VERANO INCESANTE, Luis de la Paz
799-7	CANTAR OTRAS HAZAÑAS, Ofelia Martín Hudson
807-1	LA CASA DEL MORALISTA, Humberto J. Peña
812-8	A DIEZ PASOS DE EL PARAÍSO (cuentos), Alberto Hernández Chiroldes
816-0	NIVEL INFERIOR (cuentos), Raúl Tápanes Estrella
817-9	LA 'SEGURIDAD' SIEMPRE TOCA DOS VECES Y LOS *ORISHAS* TAMBIÉN (novela), Ricardo Menéndez
819-5	ANÉCDOTAS CUBANAS (Leyenda y folclore), Ana María Alvarado
824-1	EL MUNDO SIN CLARA (novela) Félix Rizo
837-3	UN ROSTRO INOLVIDABLE, Olga Rosado
839-X	LA VIÑA DEL SEÑOR, Pablo López Capestany
852-7	LA RUTA DEL MAGO (novela), Carlos Victoria
853-9	EL RESBALOSO Y OTROS CUENTOS, Carlos Victoria
854-3	LOS PARAÍSOS ARTIFICIALES (novela), Benigno S. Nieto

665-6 NARRATIVA Y LIBERTAD: CUENTOS CUBANOS DE LA DIÁSPORA, Edición de Julio E. Hernández Miyares (Antología en 2 volúmenes que incluye cuento y nota biobliográfica de más de 200 escritores cubanos)